Chambre noire

R.L. STINE

R.L. Stine est né en 1943, à Bexley, dans la banlieue de Columbus. Fils aîné d'une famille modeste, il découvre une vieille machine dans son grenier et décide d'écrire son premier recueil d'histoires drôles. Diplômé de l'université d'Ohio, il part en 1967 pour New York dans l'espoir de s'y voir consacrer écrivain. Il sera d'abord rédacteur en chef du magazine humoristique pour enfants Bananas. *Un an plus tard, il y rencontre sa femme, Jane, avec qui il aura un fils, Matt.*
Il décide alors de se lancer dans un genre nouveau : les livres d'épouvante pour les jeunes. Il connaît un énorme succès et chacun des ses livres est un best-seller. Quand on lui demande d'où lui viennent ses idées, il répond s'inspirer du mode de vie et du langage de son fils, auxquels il mêle les frayeurs du petit garçon qu'il était.
Il vit depuis plus de vingt ans à Manhattan où il écrit tous les jours dans son appartement près de Central Park.

R.L. Stine

Chambre noire

Traduit de l'américain
par Marie-Jo Levadoux

Éditions J'ai lu

Titre original :
FEAR STREET™ – COLLEGE WEEKEND
This edition published by arrangement with the original publisher, Pocket Books, a division of Simon & Schuster Inc., New York
FEAR STREET is a trademark of Parachute Press

PROLOGUE

— Dis-moi que je te manque ?

— Comme si tu ne le savais pas !

— Mais tu pourrais me le dire, non ?

Tina adorait taquiner son petit ami. Pendue au téléphone, elle enroulait le fil entre ses doigts fins.

Josh préféra quitter ce terrain mouvant.

— Tu prends quel train ? demanda-t-il.

La jeune fille poussa un soupir. Il exagérait ! C'était la troisième fois qu'elle le lui répétait.

— Le dernier. Je suis obligée d'attendre Holly.

Josh marmonna quelque chose qu'elle ne comprit pas.

On ne pouvait pas dire que sa cousine Holly et Josh étaient les meilleurs amis du monde. Il avait décrété que c'était une pipelette, atteinte de narcissisme aigu, et n'en démordait pas.

Et que pensait Holly de Josh ? Tina l'ignorait. Sa cousine ne se serait jamais permis de faire une réflexion sur l'un de ses petits amis.

— Nous allons passer un merveilleux week-end ensemble, Josh. Deux longues journées, rien que nous deux, reprit-elle, enjouée.

— J'ai hâte que tu arrives ! répliqua-t-il. Je suis sûr

que tu vas aimer mes amis. Ce sont des types super et je leur ai tellement parlé de toi qu'ils t'ont déjà adoptée.

Tina sourit à son reflet dans le miroir.

— Tu parles de moi à tes amis ?

— Oui, de temps en temps, avoua Josh. J'ai ta photo sur mon bureau et on me demande souvent qui tu es.

— J'ai hâte d'être à ce soir ! s'exclama la jeune fille en riant. Mon premier week-end universitaire ! Tu viendras nous chercher à la gare ?

— J'y serai. Pas de problème.

Pas de problème.

Étrange comme parfois les projets les plus simples peuvent devenir de véritables cauchemars.

Josh avait dit : « Pas de problème. »

S'il avait su à quel point il se trompait !

Non seulement, il y en eut...

Mais plus encore qu'ils n'auraient jamais osé l'imaginer.

1

Pour la millième fois, Tina Rivers regarda sa montre. Ce n'était pas possible, elle était tombée sur le train le plus lent du monde ! Le trajet jusqu'à Patterson Station n'en finissait plus.

Elle n'avait pas revu son petit ami — Josh Martin — depuis Noël. Trois longs mois ! quatre-vingt-dix jours !

Sa cousine Holly s'était endormie, recroquevillée sur le siège d'à côté. La masse bouclée de ses cheveux bruns lui cachait le visage. De temps en temps, elle laissait échapper un léger ronflement.

N'y tenant plus, Tina décida de la secouer.

— Réveille-toi, on est presque arrivées. La fête va commencer. Il va y avoir tout un tas d'étudiants super beaux... rien que pour toi.

Holly étira ses longues jambes en grommelant. Après avoir bâillé pendant une bonne minute, elle ouvrit enfin les yeux.

— Des étudiants ? répéta-t-elle, soudain attentive.

— J'étais sûre que ça t'intéresserait, rétorqua Tina amusée.

Puis elle jeta un regard rêveur par la fenêtre.

« Bientôt, je pourrai voyager comme je l'entends », songea-t-elle.

Elle se remémora la discussion houleuse qu'elle avait eue avec ses parents à ce propos, la veille au soir. Elle les avait littéralement suppliés de la laisser partir seule, mais ils s'étaient montrés inflexibles. De deux choses l'une, soit sa cousine l'accompagnait, soit Tina restait à la maison. La jeune fille avait fini par céder. Pas question de passer la célèbre fête du printemps sans Josh !

— Tu le vois ? demanda Holly.

Elle se frottait les yeux, un peu lasse.

— Non, il fait trop sombre, et le train n'est pas encore complètement entré en gare.

Tina avait remis un soupçon de rouge à lèvres ; elle brossait énergiquement ses longs cheveux blonds. Tout à coup, elle fut saisie d'un doute.

— Comment tu me trouves ? demanda-t-elle.

Sa cousine poussa un soupir à fendre l'âme.

— Après cinq heures de train, tu es fraîche comme une rose, alors que moi j'ai l'air d'un hibou qui sort d'un sac de pommes de terre.

Tina éclata de rire.

— Et que ressent le hibou dans son sac ?

— Il est sûr qu'un de ces jours tu vas faire la couverture de tous les magazines et que tu seras le plus joli mannequin qu'on ait jamais vu.

Devenir top model ! Son rêve ! Tout ce qui se passait dans le monde de la mode l'intéressait et la faisait fantasmer. Mais à vrai dire, pour l'instant, c'était le cadet de ses soucis ; Josh occupait toutes ses pensées. Elle l'adorait et il lui manquait terriblement.

L'année précédente, ils allaient tous les deux au lycée de Shadyside High et déjeunaient ensemble tous les jours. Maintenant, avec la distance, ils ne se voyaient quasiment plus.

Tina jeta un ultime coup d'œil sur le petit miroir puis déposa une goutte de parfum sur ses poignets et derrière ses oreilles. Sourire aux lèvres, elle imaginait déjà leurs tendres retrouvailles...

Elle était prête.

— Je crois qu'on est arrivées, annonça Holly.

Le train s'immobilisa dans un grincement d'essieux infernal.

Un haut-parleur annonça :

— Patterson Station. Veuillez attendre l'arrêt complet du train avant de descendre.

Tina bondit ; elle ne tenait plus en place. Mais, alors qu'elle s'apprêtait à saisir ses bagages, le train fit une embardée qui la projeta sur sa cousine.

Les deux jeunes filles éclatèrent de rire.

— Dépêche-toi, lança-t-elle, surexcitée. Tu veux que je t'aide ?

— Non, répondit posément Holly. Je vais me débrouiller seule, comme une grande. Je me sens seulement un peu courbatue. J'ai dû m'endormir dans une mauvaise position.

Tina commençait à s'impatienter. A l'évidence, sa cousine n'était pas pressée. On voyait bien qu'elle n'était pas amoureuse, elle !

L'uniforme gris d'un contrôleur apparut à la porte.

— Jeunes filles, vous êtes les seules à descendre ici. Alors faites attention, leur conseilla-t-il. La gare est déserte. N'y traînez pas trop longtemps.

— Ne vous inquiétez pas, le rassura Tina, mon petit ami vient nous chercher.

Pourtant, lorsqu'elle mit le nez dehors, elle trouva le quai vide. Une fois descendue, elle inspecta anxieusement les alentours. Personne ! Où pouvait bien être Josh ?

Elle posa sa valise et se mit à réfléchir. Bien sûr, le train avait une heure de retard, à cause d'un problème mécanique. Peut-être que Josh, lassé de les attendre, était allé prendre un café quelque part. C'était plausible mais Tina ne pouvait s'empêcher d'être déçue.

« Moi, à sa place, songea-t-elle, j'aurais attendu jusqu'à ce que le train arrive, quel que soit le retard. Je n'aurais pas voulu risquer de perdre une seule seconde de notre précieux temps ensemble. »

— Alors, où est-il ? demanda Holly.

Tina haussa les épaules.

— Tu connais Josh, il ne tient pas en place. Il va sûrement arriver d'une minute à l'autre.

— Tu es certaine qu'on est descendues à la bonne gare ?

— Naturellement !

Le train s'ébranla, faisant vibrer le quai, répandant derrière lui une forte odeur de diesel. Les deux cousines se rapprochèrent l'une contre l'autre. L'endroit était sombre et sinistre, il n'y avait pas un chat.

— J'espère que ce n'est pas un mauvais présage ! observa Holly, lugubre.

— Arrête! supplia Tina. Toi et tes présages! Pour ton anniversaire, je t'achèterai un turban et une boule de cristal, et tu pourras ouvrir un stand de diseuse de bonne aventure à la foire de Shadyside.

Nerveuse, Holly roulait une mèche de cheveux entre ses doigts. Elle se força à sourire.

— Fiche-toi de moi si ça t'amuse, mais parfois je sens des trucs... Au fait! (Elle changea subitement de sujet.) Tu crois qu'il y a une bonne boîte dans le coin? Pas de parents, pas de couvre-feu. On va pouvoir se coucher à l'aube. Génial!

— Je n'arrive pas à croire que mes parents aient insisté pour que tu m'accompagnes. S'ils savaient à quel point tu es délurée! se moqua Tina. En fait, tu as une très mauvaise influence sur moi!

— Reconnais que tu adores ça! rétorqua Holly.

Tina leva les yeux au ciel. Une étoile brillait, unique, perçant difficilement la voûte grise des nuages. « La première, songea-t-elle. C'est l'étoile du Berger. »

Elle ferma les yeux et fit le vœu que ce soit le plus beau week-end de sa vie.

Un vent glacial interrompit le cours de ses pensées. Tina resserra le col de son blouson. Elle l'avait mis parce que Josh l'adorait — le bleu lui allait si bien — mais il était un peu léger pour la saison.

— Allons l'attendre à l'intérieur, suggéra-t-elle, frissonnante.

Joignant le geste à la parole, elle empoigna sa lourde valise et la tira vers la salle d'attente; elle pesait au moins une tonne.

« Je n'aurais jamais dû emporter autant d'affaires

pour un simple week-end ! » se dit-elle. Mais Josh lui avait annoncé qu'ils iraient à un pique-nique, à une fête foraine et puis danser pour finir. Il lui fallait donc un tas de vêtements différents.

En revanche, Tina se serait bien passée d'attendre dans cette gare sinistre. Comment Josh osait-il lui faire un coup pareil !

La salle sentait le moisi et la transpiration. Des chaises en plastique gris, à haut dossier, étaient disposées le long des murs. Quelques papiers sales voletaient sur le sol comme poussés par un balayeur fantôme.

Holly lâcha son sac.

— Tu es sûre que Josh est au courant de notre venue ? s'enquit-elle, à nouveau.

— Mais oui !

Tina était tendue. L'endroit, faiblement éclairé par la lune, n'avait rien de rassurant.

— Et s'il avait oublié ? reprit sa cousine. Maintenant qu'il est à la fac, il n'est peut-être plus le même. En tout cas, moi, je sais que j'essaierais d'être différente. D'abord, je me ferais percer le nez, ça, c'est sûr... et peut-être que je me ferais aussi faire un tatouage...

— Je ne pense pas que Josh soit en train de se faire percer le nez, coupa Tina. Attends-moi ici avec les bagages. Je vais lui téléphoner.

Elle plongea la main dans son sac à la recherche de monnaie, tout en se dirigeant vers les appareils.

Elle décrocha un combiné, puis le lâcha, furieuse.

— Pas de tonalité ! s'écria-t-elle.

Le deuxième téléphone n'avait même plus de combiné ! Il avait tout bonnement été arraché.

Dépitée, Tina revint vers sa cousine.

— Allons voir au guichet, suggéra-t-elle, en essayant de garder un ton optimiste. Il nous a peut-être laissé un message.

Leurs pas résonnaient sur le carrelage.

Tout était fermé. Un morceau de papier était scotché sur la vitre, annonçant : JE REVIENS DE SUITE. Mais, il était tard et le vieux gobelet de café, vide et poussiéreux, qui traînait là, semblait plutôt indiquer que personne ne viendrait avant longtemps.

— Zut, grogna Holly. Mauvais signe.

Un craquement les fit sursauter. Cela venait du guichet.

Tina se figea sur place, le cœur battant. Elle serra le bras de sa cousine.

— Qu'est-ce que c'est ? souffla-t-elle. Écoute.

Le bruit recommença, plus fort cette fois. Une peur irrationnelle la saisit.

— C'est sûrement un animal, répliqua Holly.

Curieuse, elle entreprit de contourner le comptoir.

— Arrête ! C'est peut-être un rat.

Il était même probable que des familles entières y avaient élu domicile. L'endroit était tellement sale. Tina tira sa cousine par la manche.

A cet instant, un bruit sourd se fit entendre juste derrière elle. Pivotant, elle se retrouva nez à nez avec un énorme chat noir qui la regardait en crachant de colère, le poil hérissé.

Tina poussa un cri.

L'animal bondit mais atterrit fort heureusement à ses pieds. Il fila sans demander son reste.

Elle eut un rire nerveux.

— J'ai... cru que c'était le plus gros rat de la terre.

— Un chat noir, murmura Holly, songeuse. C'est un signe. Tu sais ce que ça veut dire ?

— Ça veut dire que Josh a intérêt à rappliquer au plus vite, point final, déclara Tina, péremptoire. Arrête avec tes mauvais présages, d'accord ? Ça ne m'amuse pas du tout.

— Bon, bon, d'accord. Allons nous asseoir, proposa sa cousine.

— Bonne idée ! J'ai les jambes en coton.

Elles se dirigèrent vers l'alignement de chaises.

— Quelle heure est-il ? demanda Tina.

— Neuf heures. Tu es vraiment sûre que Josh sait que c'est ce soir qu'il doit venir nous chercher ?

— Oui, oui, oui et oui, explosa Tina. Et il sait aussi à quelle gare et à quelle heure. Ça te va ?

— C'est bon, ne t'énerve pas !

A la lueur de la lune leurs ombres s'étiraient sur les murs de la salle. Les yeux rivés sur la porte d'entrée, Tina priait le ciel pour que Josh arrive. Un doute affreux s'insinua en elle.

Peut-être s'était-elle trompée quand elle avait donné son heure d'arrivée à Josh.

Peut-être s'était-elle aussi trompée de date.

Peut-être... ?

Assez !

Elle se mit à faire les cent pas. Ce fut alors qu'elle aperçut une silhouette fantomatique en train de traverser les quais. Elle ne la vit qu'un bref instant, mais il lui sembla que c'était Josh.

— Le voilà ! s'écria-t-elle.

Attrapant son sac, elle se précipita vers la sortie.

— Josh ! hurla-t-elle, en agitant le bras. Nous sommes là.

— Où est-il ? demanda Holly, sur ses talons. Je ne vois personne.

Le quai était désert.

— Josh !

Personne ne répondit.

Tina sentit une boule se former au creux de son estomac. Quelque chose ne tournait pas rond.

— Rentrons, murmura-t-elle.

Mais il était déjà trop tard. Sortant de l'ombre, un homme se jeta sur elle.

— Qu'est-ce qui t'arrive, ma belle ? demanda-t-il d'une voix rauque.

— Rien. On... on s'en... va, bégaya Tina.

Mais l'inconnu se planta devant elle.

— Oh, que non ! lança-t-il, d'une voix glaciale. Tu ne vas nulle part.

2

— File-moi ton fric, aboya-t-il, soudain menaçant.

Tina était tellement terrorisée qu'elle lui aurait donné tout ce qu'il voulait. Même les cinquante dollars que son père lui avait glissés dans la main avant son départ. Le cœur battant, elle fouilla dans son sac.

L'homme fit un pas en avant. Son visage n'était plus qu'à quelques centimètres du sien, ses cheveux crasseux lui effleurèrent la joue. Il puait l'alcool et avait les yeux vitreux.

La jeune fille se plaqua contre le mur, prise d'un tremblement incontrôlable.

— Mon... mon argent est dans... ma... balbutia-t-elle.

Mais elle n'eut pas le temps de terminer sa phrase. Une voix claqua dans la nuit.

— Fiche-lui la paix !

L'inconnu poussa un cri de surprise, regarda derrière lui et décampa sans demander son reste.

Le visage entre les mains, Tina tentait de maîtriser les battements affolés de son cœur. Josh ! Enfin !

— Vous n'avez pas de mal ?

Cette voix... ? Ce n'était pas celle de Josh.

Relevant la tête, elle rencontra le regard vert et intense d'un inconnu dont les cheveux de jais étaient retenus en une petite queue de cheval.

— Oui. Ça va mieux maintenant. Et Holly ? Holly... ?

Sa cousine était recroquevillée dans l'encoignure de la porte de la salle d'attente, tétanisée par la peur. Tina se précipita vers elle.

— Ça va ?

Cette dernière hocha la tête, puis articula :

— Et toi ? Il t'a... frappée ?

— Non, mais j'ai eu la trouille de ma vie ! Josh va

passer un mauvais quart d'heure, c'est moi qui te le dis.

Rassurée, Holly se tourna alors vers l'inconnu.

— Merci pour votre aide.

Le jeune homme ne répondit pas. Il n'avait d'yeux que pour Tina, qu'il détaillait de la tête aux pieds.

— Tu dois être Tina, dit-il finalement. Moi je suis Chris Roberts. Je partage la chambre de Josh.

— Ah... oui ! Il m'a parlé de toi.

La seule chose que Josh avait mentionnée, c'était que Chris venait d'une famille très riche. Il avait omis de lui préciser à quel point il était séduisant.

Elle s'efforça de détourner les yeux et de regarder ailleurs.

— Au fait, où est Josh ? Pourquoi n'est-il pas ici ?

— Hier matin, il est parti camper sur un site géologique, avec Steve.

— Quoi ? s'écria-t-elle. Parti camper ? Mais... il savait que j'arrivais ce soir !

— En fait, ils devaient rentrer très tôt, aujourd'hui, expliqua Chris, mais leur voiture est tombée en panne. Cet après-midi, ils ont appelé du garage : un problème de direction, ils attendaient un dépanneur.

— Et ils seront de retour quand ? questionna Holly.

— Tard ce soir.

— Oh !

Malgré sa déception, Tina comprenait au moins les raisons de l'absence de Josh. Leur première soirée était fichue ! Son merveilleux week-end commençait bien !

— Josh m'a demandé de venir te chercher. Désolé d'être arrivé aussi tard, s'excusa Chris.

— Ça ne fait rien, intervint Holly. Si je peux donner mon avis, tu es arrivé pile au bon moment.

Elle repoussa la mèche de cheveux qui lui barrait le front et lui sourit.

— Comment m'as-tu reconnue ? intervint Tina, curieuse.

Les yeux toujours rivés sur elle, Chris éclata de rire.

— Josh a littéralement tapissé notre chambre de tes photos. Tous les garçons du campus te connaissent. (Subitement, son sourire s'évanouit et il ajouta :) Je croyais que tu venais seule.

Tina piqua un fard. Pour rien au monde, elle n'aurait avoué que ses parents ne la laissaient pas encore voyager sans chaperon.

— C'était effectivement ce qu'on avait prévu, mentit-elle, mais Holly voulait visiter la section Art dramatique de Patterson, alors... on est venues ensemble.

— Hum ! hum !

Sa cousine se racla la gorge théâtralement.

— Oh, pardon ! s'exclama Tina. Je ne vous ai pas présentés. Voici ma cousine, Holly Phillips.

Lui jetant à peine un regard, Chris esquissa un vague salut. Puis il empoigna les bagages de Tina.

— Allons-y. Mon 4 × 4 est garé juste devant l'entrée.

Tandis qu'ils se dirigeaient vers la voiture, Tina sentit son moral remonter d'un cran : dans quelques heures, elle serait avec Josh.

Après avoir casé leurs affaires, les deux cousines grimpèrent dans le Cherokee. L'intérieur était vraiment luxueux : sièges de cuir capitonnés, lecteur de CD haut de gamme et même un téléphone. Autrement plus confortable que les dures banquettes du train ! Holly s'installa à l'arrière et se mit à bombarder Chris de questions.

— A quelle distance est-on du campus ? J'ai hâte d'arriver. Est-ce qu'il y a une fête prévue ce soir ? La semaine dernière, j'étais à Blaine, il y a des clubs de jazz complètement déments. Par contre, je n'ai pas trop aimé leur section théâtre... trop sérieuse. Il y a des boîtes sympa, ici ?

Tina et Chris échangèrent un regard amusé.

— Le mois dernier j'étais à Munroe, poursuivit Holly. Est-ce que vous vous rendez compte qu'ils jouent seulement deux pièces par an ? Et pour ce qui était de faire la fête... c'était complètement nul.

— Regarde sur ta gauche, Holly, coupa Chris. C'est le plus vieux théâtre du comté... (Il désignait une petite bâtisse de brique rouge, légèrement en retrait.)... la section Art y monte parfois des pièces.

— Super !

Le jeune homme se pencha pour mettre un CD.

— J'adore ce morceau, avoua-t-il à Tina en souriant.

La musique la prit par surprise.

Quelle coïncidence ! C'était aussi l'un de ses morceaux préférés. Jusqu'à maintenant, elle n'avait jamais rencontré personne — à part Josh — qui connaisse les Psycho Surfers. Et voilà que Chris avait un CD d'eux !

— Tu connais ce groupe ? s'étonna Tina.

— Bien sûr ! Et je l'ai même tellement passé que Josh m'interdit de l'écouter ailleurs que dans la voiture.

— Est-ce qu'il y a des concerts dans cette ville ? demanda Holly. Avec de bons groupes ?

— Rarement.

La jeep s'engagea dans une étroite rue pavée.

— Dommage !

La jeune fille s'enfonça dans son siège.

— Regarde, Holly ! s'écria Tina. (Elle lui montra une bande de jeunes qui attendaient devant la porte d'une discothèque.) Voilà ce qu'il te faut !

— C'est le Club Cobalt, précisa Chris. Je n'y vais plus beaucoup... mais il a une super cote.

Tina nota que sa voix avait légèrement tremblé. Pourquoi n'y allait-il plus ? se demanda-t-elle.

Holly soupira.

— On aurait bien besoin de quelques bonnes discothèques chez nous, n'est-ce pas Tina ?

Cette dernière haussa les épaules. Elle ne sortait plus tellement. Et puis, sans Josh, faire la fête avait perdu tout intérêt !

— Josh m'a dit que tu voulais devenir mannequin, reprit Chris. C'est vrai ?

— Oui. J'en rêve depuis que j'ai gagné le concours de beauté du lycée.

— Alors tu as dû entendre parler de mon oncle ? Le photographe, Rob Roberts ?

— C'est ton oncle ? s'écria Tina, impressionnée.

Qui ne connaissait pas Rob Roberts ? Ses photos faisaient la couverture des plus célèbres magazines de mode. Curieux que Josh ne lui en ait jamais parlé...

— J'irai travailler avec lui lorsque j'aurai mon diplôme, ajouta Chris. Il a promis de me donner un coup de main pour démarrer dans le métier.

— C'est fantastique !

— Si tu as du temps ce week-end, j'aimerais faire quelques photos de toi, offrit-il. Ça me permettra d'enrichir un peu mon book.

La jeune fille réfléchit un instant.

— Ça pourrait être amusant mais, franchement, je ne sais pas si ça sera possible.

Tina ne souhaitait qu'une chose : passer le maximum de temps avec Josh.

— Juste quelques portraits, insista Chris. (Il fit une pause.) Si on a le temps.

La voiture s'engagea dans un entrelacs de ruelles à sens unique. Ils pénétraient dans le secteur historique de la ville. Tina songeait à Josh tandis que Holly bavardait gaiement, commentant tous les magasins et tous les restaurants qu'ils croisaient.

— Vous avez faim ? demanda soudain leur chauffeur.

— Non, répondit Holly. On a grignoté des sandwichs dans le train.

— Dommage ! Il y a un excellent restaurant mexicain dans cette rue.

Tina sourit, gourmande.

— J'adore la cuisine mexicaine, admit-elle.

— Tu as déjà goûté des *enchiladas* au crabe ?

— Au crabe ? Non, jamais. C'est bon ?

— Plus que ça ! Vous devriez y aller ce week-end.

La jeune fille laissa errer son regard par la vitre et poussa un léger soupir.

— Josh déteste la cuisine mexicaine, murmura-t-elle.

— Il ne sait pas ce qu'il perd ! s'exclama Chris.

« Mais moi, par contre, je le sais, se dit-elle. Il perd de précieuses minutes avec moi. C'est à côté de lui que je devrais être assise en ce moment. »

— Voici la cité universitaire, annonça Chris en s'engageant dans un immense parking.

Tandis qu'ils pénétraient dans un grand bâtiment de brique, quelques instants plus tard, Tina se mit à prier pour que Josh soit rentré de son expédition.

— Et voici notre chambre, déclara Chris peu après en ouvrant une porte.

La pièce était obscure ; il n'y avait personne.

— Vous pouvez vous installer ici, assura-t-il, le directeur est d'accord. Josh et moi, on ira dormir dans mon studio photo.

— Il y est peut-être déjà, hasarda Tina, pleine d'espoir.

— Je ne crois pas. Il est à peine dix heures.

— On ne pourrait pas appeler ? insista-t-elle. Juste pour voir.

Au fond d'elle-même, Tina savait qu'il n'y serait pas, mais elle voulait en être sûre. Pendant que le jeune homme composait le numéro, elle se mordillait nerveusement la lèvre inférieure.

Comme elle le redoutait, personne ne décrocha.

Terriblement déçue, elle se laissa tomber sur un des lits.

— Bon, il faut que j'y aille, dit Chris en reposant le

combiné. Si vous avez besoin de quoi que ce soit, n'hésitez pas à m'appeler.

Il griffonna le numéro de téléphone de son studio sur un morceau de papier.

Après son départ, les deux cousines commencèrent à déballer leurs affaires.

— Ces chambres sont plus vastes que celles de Blaine, remarqua Holly. Eh, tu as vu ! Ils ont la télé et la stéréo !

Attrapant la télécommande, elle se mit à zapper à la recherche de MTV.

— Je suis sûre que tout ça appartient à Chris, intervint Tina. Josh n'a pas les moyens de s'offrir ce genre de gadgets.

La jeune fille passa la chambre en revue : deux lits, deux penderies et deux bureaux d'étudiants. Le vieil ordinateur de Josh semblait dater de la dernière guerre, comparé au luxueux Macintosh de Chris : écran 17 pouces, CD ROM et imprimante laser.

Tina se demanda s'il arrivait à Josh d'être jaloux de Chris. Si c'était le cas, il n'en avait jamais soufflé mot.

Des cartes de géologie recouvraient le mur au-dessus du lit de Josh et le moindre espace libre était occupé par des pierres et des fossiles. Il y en avait sur son bureau, sur la penderie, sur le rebord de la fenêtre, et même par terre, au pied de la table de chevet ; des pierres de toutes formes, de toutes tailles et de toutes couleurs.

Tina revit sa chambre chez ses parents. Identique. Les pierres devaient sûrement peupler ses rêves.

Du côté de Chris, la décoration était plus simple :

un unique poster d'un océan déchaîné et l'annonce d'un concours de photos. Point final.

Elle saisit un cristal noir, triangulaire, et se mit à faire les cent pas. Machinalement, elle fit glisser la pierre entre ses doigts, s'égratignant les paumes contre les arêtes vives. Bien que tout ait l'air normal, son instinct lui soufflait que quelque chose ne collait pas. Quelque chose manquait !

— Qu'est-ce qu'il se passe ? s'inquiéta Holly.

— Je ne sais pas.

Rageusement, la jeune fille lança la pierre sur le lit de Josh. Alors seulement, l'évidence la frappa : les photos ! Où étaient donc toutes ces fameuses photos d'elle dont parlait Chris ?

Le seul et unique cliché qui trônait sur la table de nuit avait été pris l'année précédente, lors de la soirée de remise des diplômes. Elle s'en saisit.

Jamais elle n'oublierait cette merveilleuse soirée ! Pour l'occasion, Josh lui avait offert un bustier incroyable, composé de milliers de paillettes de mica. Cette tenue mettait tellement en valeur sa beauté que ses amis n'avaient pas arrêté de s'extasier.

Elle retourna la photo pour y relire les quelques mots qu'elle y avait inscrits.

Rien ! Curieux ! Elle était pourtant sûre d'avoir écrit un message au dos de cette photo. Josh l'aurait-il effacé ?

A cet instant précis, des coups violents retentirent à la porte.

Tina se précipita.

— Josh ?

Non seulement ce n'était pas lui mais la jeune fille brune qui se tenait dans l'encadrement se mit à hurler en la voyant.

— Non... ! C'est impossible !

3

— Pardon ? articula Tina, interloquée.

L'inconnue portait un jean moulant sur un simple justaucorps beige. Des cheveux courts encadraient un visage sérieux. Bouche bée, elle fixait sur Tina des yeux écarquillés de surprise.

— Excusez-moi, parvint-elle à dire. Je pensais que vous... que tu étais quelqu'un d'autre... mais tes cheveux sont beaucoup plus clairs.

— Vous... tu te sens bien ?

— Je ne sais pas ce qui m'arrive, en ce moment. C'est peut-être l'excès de café. J'ai travaillé comme une dingue pour mes examens, et je... je ne m'attendais pas à ce que tu lui ressembles autant.

— A qui ? demanda Tina.

— Heu... à... personne, bégaya la jeune fille, en évitant son regard. Désolée... tu dois me prendre pour une folle.

Tina eut la conviction que cette fille mentait. Quel pouvait bien être son problème ?

— Mais... qui es-tu ? lança-t-elle.

— Je m'appelle Carla Ryan. Je suis la petite amie

de Steve. Tu es Tina, n'est-ce pas ? Chris a dit qu'il allait te chercher à la gare.

— C'est exact. Et voici ma cousine, Holly.

Tina se détendit un peu. Josh lui avait parlé de Steve et de Carla. Steve étudiait la géologie et Carla préparait un diplôme de journalisme. Elle avait une fâcheuse tendance à l'exagération.

— A qui trouves-tu que je ressemble ? insista Tina.

Mais la nouvelle venue éluda la question d'un geste. Elle s'affala sur le lit de Josh.

— J'étais au lycée avec Steve et Chris, expliqua-t-elle. (Elle se passa nerveusement la main dans les cheveux.) Ils sont super sympa.

— Tu as un appartement ? demanda Holly vivement.

— Non, pas encore. Je vis aussi à la cité universitaire, au dixième étage. Mais je travaille dans une boutique, je mets de l'argent de côté et, l'an prochain, j'espère bien avoir mon appartement à moi ; j'en ai assez de vivre sur le campus.

L'espace d'une seconde, Tina l'envia. Comme elle aimerait poursuivre ses études l'année prochaine ! Peut-être que, si elle décrochait quelques contrats pour des photos, elle pourrait se payer la fac ailleurs qu'à Waynesbridge. En tout cas, elle se fichait complètement de partager une chambre en cité U, même pendant quatre ans. C'était, de toute façon, mieux que de rester chez ses parents.

Une musique tonitruante éclata, noyant complètement leur conversation. Elle venait de la chambre voisine.

— C'est comme ça tous les vendredis soir, annonça Carla, stoïque.

Elle frappa contre la cloison mais cela ne fit qu'aggraver les choses. Elle afficha alors une moue d'impuissance et les trois jeunes filles éclatèrent de rire.

— Josh nous a dit que tu voulais devenir mannequin, observa Carla. Tu devrais demander à Chris de te faire un book; il est très doué.

— Il me l'a déjà proposé.

— Alors n'hésite pas. Peut-être que tu pourras ensuite prendre un agent, comme ma copine à New York. Tu sais, Chris montre toujours toutes ses photos à son oncle, le célèbre Rob Roberts. Il t'en a parlé, j'espère?

— Oui, mais j'ai bien peur de ne pas avoir le temps cette fois. Je veux profiter de Josh pendant ce week-end.

Tina jeta un coup d'œil à la pendule sur la commode. Onze heures cinq! Josh ne devrait plus tarder.

Carla secoua la tête.

— Je n'arrive pas à croire que Josh soit parti camper. Pour moi ce n'est pas pareil, je vois Steve tout le temps, mais toi... vous ne vous êtes pas revus depuis Noël, non? En plus, avec cette stupide panne, ils risquent de rentrer drôlement tard.

— Ne m'en parle pas! grogna Tina.

— Ce n'est pas trop dur d'être aussi loin l'un de l'autre? interrogea Carla. Je ne crois pas que je pourrais le supporter.

— On se téléphone pas mal et...

Tina s'interrompit.

Mais pourquoi était-il parti camper justement ce week-end ? Ses satanés cailloux n'étaient quand même pas plus importants qu'elle ?

— Tu étais au courant de leur projet ? demanda-t-elle à Carla.

— Bien sûr. Steve me raconte tout.

— Oh !

Josh aussi lui disait toujours tout, enfin, en principe... Mais peut-être avait-il changé depuis qu'il était à l'université.

— Parle-nous de Chris, intervint Holly.

Cette dernière avait fini de vider son sac. Elle sortit un flacon de vernis à ongles et décida de commencer par les pieds.

— Il a une petite amie ? s'enquit Tina.

Les yeux braqués sur la photo de l'océan, Carla poussa un grand soupir.

— C'est une triste histoire, murmura-t-elle. Très triste.

Elle fit une pause.

— Allez, dis-nous tout, insista Holly.

— Eh bien, depuis le lycée, Chris avait une petite amie du nom de Judy. Ils étaient complètement fous l'un de l'autre. Ils faisaient toujours tout ensemble. Et surtout, ils adoraient faire de la voile sur le bateau de Chris. Mais l'été dernier... (Carla eut une hésitation.) l'été dernier, ils ont eu un accident. Ils étaient loin en mer lorsqu'une tempête a brusquement éclaté, et... Judy est passée par-dessus bord.

— Elle s'est noyée ? s'écria Holly.

Carla hocha la tête.

Cette nouvelle causa un choc à Tina. Quelle horreur ! Elle n'arrivait pas à imaginer ce qu'elle ressentirait s'il arrivait malheur à Josh.

— Chris l'a cherchée pendant des heures, continua la jeune fille, mais il n'a pas réussi à la retrouver. Les sauveteurs ont repêché le corps au bout de deux jours.

Un lourd silence tomba dans la pièce. Tina eut à l'esprit la vision fugitive du bateau, les voiles claquant au vent et Chris scrutant désespérément la mer à la recherche de sa petite amie. Quel cauchemar !

Holly fut la première à se ressaisir.

— Le pauvre ! murmura-t-elle.

— Depuis, Chris est complètement replié sur lui-même, soupira Carla. Plusieurs fois, Steve a essayé d'en parler avec lui mais il refuse absolument d'aborder le sujet.

— Pourquoi ne sortirais-tu pas un peu avec lui, Holly ? suggéra Tina.

Cette dernière secoua la tête.

— Pas mon genre.

— Trop normal ? la taquina sa cousine.

— Exactement.

Carla regarda l'heure. Elle serra les lèvres et secoua la tête.

— Je vais avoir une sérieuse conversation avec Josh dès son retour, dit-elle. (Elle saisit l'un des quartz qui se trouvaient par terre.) C'est vraiment un manque de respect que de t'abandonner ainsi.

Étonnée par cette réaction, Tina observa attentivement la jeune fille qui lançait et rattrapait le minéral avec beaucoup d'adresse. On aurait dit qu'elle savait quelque chose sur Josh que Tina ignorait. Cela la mit mal à l'aise.

Quelqu'un frappa à la porte.

Holly alla ouvrir. La haute silhouette de Chris s'encadra dans l'embrasure.

— J'ai oublié de prendre mes notes de chimie, lança-t-il à la ronde. Tiens, Carla ! Quoi de neuf ?

— Rien. On attend les garçons.

Chris s'installa à califourchon sur une chaise.

— Vous avez des nouvelles ?

Tina secoua la tête.

— Non, toujours rien, avoua-t-elle. Je commence sérieusement à m'inquiéter et...

— Ne t'en fais pas, coupa Carla. Il y a tellement de brouillard ce soir qu'ils sont sûrement obligés de rouler au pas. Je ne pense pas qu'ils rentrent avant minuit ou une heure.

— Carla a raison, renchérit Chris. Et si nous allions danser au lieu de les attendre à ne rien faire ? J'ai des amis qui organisent une fête dans leur maison.

— Bonne idée ! s'exclama Holly.

— Je n'en ai pas très envie, murmura Tina.

— Allez, viens, insista le jeune homme. Josh n'aimerait pas que tu restes seule ici, à t'ennuyer.

Tina réfléchit un instant. Il était vrai que le temps passerait plus vite si elle sortait ; et puis, à la fin de la soirée, Josh serait sûrement là.

— Bon, d'accord, je viens, décida-t-elle.

— Super ! Et toi, Carla ?

La jeune fille haussa les épaules.

— Pourquoi pas ?

— Accordez-moi une minute pour me changer, dit Holly.

Elle attrapa un jean propre et un lumineux body rouge.

— Où est la salle de bains ?

— Au bout du couloir, indiqua Carla, après les doubles portes, à gauche.

Tina était en train d'ouvrir sa valise.

— Je voudrais suspendre quelques affaires avant de partir, annonça-t-elle.

Elle sortit les deux tenues qu'elle avait apportées pour ce genre de sortie. Une robe noire moulante, et une minijupe assortie d'un chemisier blanc. Elle décida de porter ce que Josh préférait.

Tandis qu'elle suspendait ses affaires, elle sentit le regard intense de Chris posé sur elle. Elle frissonna.

Elle se penchait pour attraper un cintre vide lorsque son pied heurta quelque chose de dur.

Baissant la tête, elle découvrit avec stupéfaction les chaussures de marche de Josh.

Étrange !

S'il était parti en randonnée dans la montagne, pourquoi ne les avait-il pas prises ?

4

A cet instant, Holly revint de la salle de bains.

— Pas encore prête ? s'exclama-t-elle. Qu'est-ce que tu fais plantée là ?

Elle portait un jean déchiré aux genoux, un body en stretch et de longues boucles d'oreilles qui lui effleuraient les épaules.

— Si... en fait, je reste comme je suis, lui répondit machinalement Tina.

Elle referma la porte de la petite penderie.

Ses pensées tourbillonnaient dans sa tête. Pourquoi Josh avait-il laissé ses chaussures de marche ici ?

— Alors, on y va, oui ou non ? s'impatienta sa cousine.

— Je vais laisser un message pour Josh, dit Tina. Au cas où il rentrerait avant nous, pour lui dire de venir nous rejoindre. Chris, où allons-nous ?

— A une soirée chez des copains, dans la vieille ville, répondit ce dernier. Mais je ne connais pas exactement l'adresse. Dis-lui simplement de nous attendre ici.

Carla secoua la tête.

— Franchement, il ne te mérite pas, déclara-t-elle à Tina. Si je n'avais pas vu mon petit ami depuis trois mois, je serais clouée sur place à l'attendre.

Tina tenta d'ignorer la remarque. Mais, au fond d'elle-même, elle ne pouvait s'empêcher d'être d'accord. Lorsqu'elle déposa le papier sur l'oreiller de Josh, elle était au bord des larmes.

— N'écoute pas Carla, intervint Chris. Josh ne devrait plus tarder.

— Bon, on ne va pas épiloguer là-dessus toute la nuit, s'énerva Holly. Allons plutôt à cette fête.

Alors qu'ils arrivaient devant le 4 × 4, Tina décida de s'asseoir à l'arrière avec Carla. De cette manière, Holly et Chris pourraient bavarder... et peut-être que sa cousine finirait par le trouver à son goût.

Mais au moment où elle ouvrait la porte, la voix de Chris la stoppa net.

— Tina. Viens t'asseoir près de moi et arrête de te faire du souci.

Raté !

Elle s'assit donc à l'avant et baissa la vitre, laissant l'air frais lui caresser le visage. Le ciel était clair, rempli d'étoiles.

Bien qu'elle imaginât Josh sur la route du retour, elle ne pouvait s'empêcher de se sentir vaguement mal à l'aise. Elle décida d'en parler à Chris.

— Chris ? Il y a quelque chose qui me semble bizarre. J'ai vu les chaussures de marche de Josh dans la penderie. D'après toi, pourquoi ne les a-t-il pas emportées alors qu'il partait camper ?

Les yeux du jeune homme s'agrandirent de surprise.

— Oh ! Euh... Il en a acheté des neuves, en cuir plus souple, renforcées autour de la cheville, répondit-il hâtivement.

— Ah, oui... ? (Tina se sentit un peu mieux.) Mais il a un budget très serré. Comment est-ce qu'il a pu se les offrir ?

Chris fit marche arrière et sortit le 4 × 4 du parking.

— Il ne t'a pas parlé de son job ? s'étonna-t-il. Il rentre des données techniques sur les ordinateurs du laboratoire de géologie. Il est pas mal payé.

— Ah... oui... Ça me revient maintenant, mentit la jeune fille, embarrassée d'admettre qu'elle l'ignorait.

Pour se détendre, Tina se plongea dans la contemplation des étoiles.

« *I have been lost and alone... for so long... it's so wrong.* »

Seule... trop longtemps...

Les mots résonnaient dans la tête de Tina, lorsqu'elle se rendit subitement compte qu'ils écoutaient un CD des Spoiled Rotten. Elle dévisagea Chris. Comment était-il possible qu'il connaisse aussi ce groupe ?

Le jeune homme fredonnait la chanson. « Comme sa petite amie doit lui manquer ! » songea Tina.

— Tu connais ce CD ? demanda-t-il. J'ai eu beaucoup de mal à le trouver.

— Moi aussi, j'ai eu du mal, reconnut-elle. J'ai fait toutes les maisons de disques du comté jusqu'à ce que j'en déniche une qui stockait toutes sortes de vieux trucs bizarres.

— Et qu'est-ce que tu aimes d'autre ?

Avant qu'elle puisse répondre, Holly se mit à protester.

— Cette musique est vraiment nulle ! Vous ne pourriez pas mettre autre chose ?

Chris eut un sourire indulgent. Tina admira sa maîtrise de soi. Il était vraiment très cool !

Ils tournèrent dans une rue minuscule, bordée

d'ormes, et trouvèrent une place le long du trottoir, pratiquement devant la maison où avait lieu la soirée.

— On y est, annonça Chris.

La musique hurlait ; la fête battait son plein.

Des dizaines d'étudiants bavardaient ici et là, éparpillés dans le jardin, sous le porche, au bord de la piscine.

— Salut, Carla ! cria un grand costaud. Bill te cherche partout.

— Qu'il continue, répondit-elle joyeusement.

Elle rejeta ses cheveux en arrière.

Holly éclata de rire.

Tina la regarda d'un air attendri. Sa cousine adorait ce genre d'endroit. Une fête et des garçons mignons, son bonheur était complet.

Dès qu'elle franchit le seuil, une angoisse la saisit. Tout le monde allait s'apercevoir qu'elle n'était qu'une lycéenne. La soirée promettait d'être effroyable.

Ses yeux firent le tour de la pièce ; l'ambiance était très décontractée. Elle vit une fille en jean et veste, une autre en minijupe avec des chaussettes qui montaient à mi-cuisses, une autre avait le nez percé par un anneau d'or.

Tina s'en voulut. Elle aurait dû se changer. « Ils vont me trouver vieux jeu ! La petite lycéenne bon chic bon genre qui sort de sa cambrousse... »

Elle suivit Chris jusqu'au salon. Filles et garçons les saluaient et leur souriaient. Quoi ? Des étudiants l'avaient remarquée ? Peut-être qu'elle n'avait pas l'air aussi godiche que ça, après tout !

Ils dénichèrent un coin tranquille, près d'une

fenêtre grande ouverte. La fraîcheur de la nuit lui fit du bien.

— Quelle fête fantastique! s'exclama Holly en remuant au rythme de la musique.

— Pourquoi n'invites-tu pas Holly à danser? suggéra Tina à Chris. C'est l'une de ses chansons préférées.

Elle devait crier pour se faire entendre.

Chris haussa les épaules.

— Je ne...

— Regardez! s'écria Carla. Vous voyez cette fille là-bas? C'est elle qui a le rôle principal dans *Notre Ville*, la dernière pièce de Lilian Wolf. Viens, Holly, je vais te la présenter.

Carla attrapa la jeune fille par le bras et l'entraîna dans son sillage, laissant Tina seule avec Chris.

Un peu gênée, elle recula légèrement. Elle n'aimait pas se trouver aussi près de lui. Ne sachant quelle contenance adopter, elle se balançait d'un pied sur l'autre.

— Tu veux boire quelque chose? lui demanda-t-il. Il y a des sodas dans une glacière là-bas.

— Oui, merci.

— Reste ici, dit-il. Garde-nous la place.

Son chevalier servant se fraya un chemin et disparut dans la foule. Tina était un peu perdue au milieu de cette foule d'inconnus. C'était sa première *fête de fac* et, au lieu d'être avec Josh, elle se retrouvait avec son copain de chambre! Le comble, c'était qu'elle se sentait irrésistiblement attirée par lui.

Mais déjà, Chris revenait avec leurs verres. Il lui en

tendit un et but une longue gorgée du sien tout en parcourant la salle du regard.

— Je ne fréquente plus autant ces fêtes... qu'avant... murmura-t-il.

Tina sentit qu'elle devait lui changer les idées.

Elle lui toucha le bras.

— Alors comme ça, tu aimes la nourriture épicée ? demanda-t-elle.

Le regard de Chris s'éclaira.

— J'adore.

— Tu devrais venir à Shadyside avec Josh. Il y a un super restau mexicain là-bas, près de Waynesbridge. Ils font les *jalapeños* comme nulle part ailleurs. Je parie que tu ne pourrais pas en manger plus d'un.

— Oh ! n'en sois pas si sûre ! On a fait un pari au printemps dernier pendant le festival de la vieille ville. Et devine qui a gagné ?

— Voyons... blagua-t-elle. Combien tu en as avalés ?

— Une douzaine, se vanta-t-il. Mais inutile de te dire qu'après ça j'avais la bouche en feu et les yeux qui me sortaient de la tête.

Tina éclata de rire. Ce serait amusant de faire visiter la région à Chris. Il était tellement ouvert ! Et ils avaient tant de points communs !

— Alors, tu vas venir ici à la rentrée ?

— Non. Mes parents n'ont pas les moyens de m'offrir des études hors de ma ville natale, répliqua Tina. J'irai probablement à l'université de Waynesbridge. Ainsi je pourrai continuer à habiter chez eux.

— Dommage ! Il y a des tas d'endroits dans la

région que j'aurais pu te faire visiter... je veux dire, que *Josh* aurait pu te faire visiter.

Le morceau se termina et fut suivi par un slow.

— Tu veux danser ? demanda-t-il.

— Oui.

Ils se glissèrent au milieu des autres couples. Tina posa la tête sur son épaule.

— Tes cheveux sentent bon, lui murmura-t-il à l'oreille.

La jeune fille sourit et se serra un peu plus contre lui. Elle sentait ses muscles jouer sous sa chemise.

C'était bon d'être dans les bras d'un garçon... même si ce n'était pas son petit ami.

Lorsque le morceau prit fin, Chris l'entraîna prendre l'air sous le porche. L'odeur de la pelouse fraîchement tondue montait dans la nuit. Le ciel était piqueté de milliers d'étoiles.

Émerveillée, Tina se perdit dans une contemplation rêveuse.

Elle prit une profonde inspiration.

— C'est magnifique par ici. Je comprends que tu aimes cet endroit.

Chris lui passa un bras autour des épaules.

— Fais un vœu.

Tina fixa l'étoile la plus brillante.

— Je souhaite devenir un grand top model, murmura-t-elle.

Elle s'imaginait déjà en couverture de *Glamour* ou de *Vogue*, s'envolant autour du monde dans son jet privé, visitant des pays exotiques, avec assez d'argent pour s'acheter tout ce dont elle aurait envie.

— Peut-être que je peux réaliser ce rêve, lui souffla-t-il à l'oreille.

Il la fit pivoter, lui prit le menton dans la main et lui souleva légèrement le visage.

— Laisse-moi seulement prendre quelques photos de toi.

Tina sentit son cœur s'emballer.

Une sorte de magnétisme se dégageait de Chris. Ils se regardèrent un instant puis il se pencha sur elle et l'embrassa.

Elle frissonna de la tête aux pieds. Elle avait envie qu'il ne s'arrête jamais.

Lorsqu'elle entendit des pas derrière eux, il était trop tard.

Une voix lança :

— Alors ! Qu'est-ce qu'il se passe par ici ?

5

Tina se rejeta violemment en arrière. Elle pivota et se retrouva nez à nez avec Carla.

Son visage s'empourpra.

— Je... euh... nous... bégaya-t-elle.

Embarrassée, elle mit les mains dans ses poches.

Carla haussa les épaules.

— On se demandait si on n'allait pas rentrer, dit Chris, posément.

Tina se traita d'imbécile. « Comment est-ce que j'ai pu me laisser aller de la sorte ? » Depuis deux ans qu'elle sortait avec Josh, jamais elle ne l'avait trompé. Cela ne lui était même pas venu à l'esprit. Il fallait à tout prix que Carla tienne sa langue. Josh ne devait pas être mis au courant.

— Oui. C'est ça, approuva-t-elle. Rentrons.

Plus que jamais, elle voulait retrouver son petit ami.

— Où est Holly ? continua-t-elle.

— Je ne sais pas, répondit Carla.

— Mais où est-elle allée ? insista Tina. Tu étais bien avec elle ?

— Seulement au début. Ensuite une bande de types a débarqué et on a été séparées. La dernière fois que je l'ai vue, elle dansait avec l'un d'eux.

— Des types ? Quels types ?

Carla agita vaguement la main.

— Oui, tu sais, des types du coin. Ils traînent en moto et vont dans toutes les fêtes. Un peu « craignos », quoi !

Tina se tourna vers Chris.

— Je vais la chercher, décréta-t-elle.

— Je suis sûr qu'elle va bien, tenta-t-il de la rassurer.

— On voit que tu ne connais pas Holly ! s'écria Tina.

Elle craignait déjà le pire.

Dans la maison, l'ambiance avait changé. Les nouveaux venus étaient plus âgés. Une bouteille d'alcool, dissimulée dans un sac en papier, circulait de main en main.

Tandis que Tina se frayait un passage dans la foule, un grand type, taillé comme un déménageur, des squelettes tatoués sur les bras, la détailla des pieds à la tête avant de lui faire un clin d'œil. Elle fila rapidement dans la direction opposée.

Le sol vibrait sous l'impact des décibels. L'air vicié lui donna très vite mal à la tête. Elle fouilla la piste du regard, tentant désespérément de repérer la jolie tête bouclée de sa cousine.

— Hé, poulette ! cria une voix rauque. Attends une minute.

Tina fit volte-face et se trouva face à deux yeux injectés de sang. Le type portait son T-shirt roulé autour du crâne, ce qui lui donnait l'air encore plus dingue. Son haleine empestait l'alcool. Il l'attrapa par la taille.

— Tu viens danser ?

— Non, merci, répondit-elle sèchement en essayant de se dégager. Je cherche quelqu'un.

— Mais je suis là, chérie, ricana-t-il.

Il lui poussa un verre d'alcool entre les lèvres.

— Qu'est-ce que tu dirais d'un petit coup ?

Hors d'elle, Tina le repoussa brutalement.

Éberlué, il la laissa s'éloigner.

— Dis donc, t'es drôlement canon ! lui lança-t-il. Allez, viens danser. Je vais pas te manger.

Tina ne prit pas la peine de répondre. Elle venait d'apercevoir de familières boucles brunes.

Enfin !

— Holly ! cria-t-elle.

La musique couvrait sa voix. Elle joua des coudes pour s'approcher de sa cousine, mais lorsqu'elle lui toucha l'épaule, une ravissante inconnue se retourna.

Où était donc Holly ?

Soudain, Chris se matérialisa à ses côtés, un sourire rassurant aux lèvres.

— Tu l'as trouvée ? demanda-t-il.

Tina secoua négativement la tête, un peu angoissée. Ce n'était pas du tout le genre de Holly de disparaître ainsi.

— Pas encore.

— Je vais jeter un coup d'œil dans la cuisine, décida Chris. Toi, va voir dans le couloir.

L'endroit était aussi bondé que le reste de la maison. Tina eut du mal à le parcourir. Elle ouvrit toutes les portes. Dans l'une des pièces, un couple lui lança un regard furieux : ils se disputaient.

— Désolée, bredouilla-t-elle.

Mais ce qui la désolait le plus, c'était d'avoir accepté de venir à cette soirée.

Un cri perçant la fit alors sursauter. Un cri de fille !

Holly !

Elle aurait reconnu sa voix entre mille.

Elle se rua dans l'entrée.

Plusieurs grosses cylindrées s'éloignaient dans un grondement d'enfer, et sur l'une d'elles se tenait une fille dont les cheveux bruns ne pouvaient appartenir qu'à sa cousine.

Tina piqua un sprint, essayant de les rattraper.

— Holly ! s'époumona-t-elle. Reviens !

Lorsqu'elle s'arrêta, à bout de souffle, la rue était déserte, seule une boîte de conserve vide roulait, poussée par le vent.

Où l'emmenaient-ils ?

Elle se força au calme. Inutile de paniquer. Après

tout, peut-être que Holly avait décidé d'aller avec eux. Mais dans ce cas, pourquoi aurait-elle hurlé ? Et puis, ce n'était peut-être pas elle ? Il y avait des tas de filles aux boucles brunes à cette soirée. Il fallait qu'elle retrouve Chris ; il saurait quoi faire.

Alors qu'elle rebroussait chemin, Tina aperçut quelque chose qui brillait sur le trottoir.

Son cœur fit un bond dans sa poitrine.

Réprimant un cri, elle se baissa.

C'était l'une des boucles d'oreilles de Holly.

6

Tina serra la boucle d'oreille dans sa paume.

Plus de doute ! Sa cousine avait bel et bien été enlevée !

Le cœur battant, elle se précipita vers la maison illuminée et tomba nez à nez avec Carla.

— Te voilà enfin ! s'exclama cette dernière. Ça fait au moins une demi-heure que je te cherche partout.

— On l'a enlevée ! s'étrangla Tina, essoufflée. Des types en moto... ils l'ont emmenée de force.

— Quoi ? Mais de qui parles-tu ?

— De Holly ! hurla-t-elle. Elle est en danger. (Tina était au bord de l'hystérie.) Il faut les poursuivre.

Carla lui mit la main sur l'épaule.

— Hé, calme-toi ! dit-elle. Tu dérailles complètement. Je viens juste d'apprendre que ta cousine était partie avec une fille qui s'appelle Alyssa Pryor.

— Alyssa Pryor ? De Shadyside ?

— Oui. Il paraît qu'elles se connaissent, qu'elles fréquentent le même cours de théâtre, là-bas. Elle a demandé à Holly de venir avec elle dans le studio de répétition de la troupe.

Tina poussa un soupir de soulagement.

Tout de même, sa cousine aurait pu la prévenir ! Enfin, elle se sentait mieux. Holly n'était pas entre les mains de voyous, c'était déjà ça ! Tina n'osait imaginer la réaction de ses parents — et de ceux de Holly — s'ils avaient appris qu'elle avait perdu sa cousine.

— C'est vrai, reprit Tina. Elles ont joué quelques pièces ensemble dans le passé. J'avais oublié qu'Alyssa était à la fac ici. Mais... il est plus de minuit ! C'est tard pour aller au théâtre, non.

— Tu sais, dans le département Art de Patterson, les acteurs sont complètement loufoques. Ils répètent fréquemment la nuit.

Tina était épuisée. Elle s'installa sur les marches à côté de Carla.

— On l'attend ici ? demanda-t-elle.

— Pas question, répondit Carla en bâillant. Je tombe de sommeil. On va demander à Chris de nous ramener.

— Mais... et Holly ?

— Elle est en bonne compagnie, ne t'en fais pas. Elle trouvera toujours quelqu'un pour la raccompagner.

Tina poussa un soupir. Levant les yeux vers le ciel, elle aperçut quelques étoiles, encore visibles malgré la couche de nuages. Elle fixa la plus brillante, souhaitant que Josh soit rentré au campus, et que l'épisode du baiser avec Chris n'ait jamais existé.

— Dis, Carla, à propos de ce que tu as vu tout à l'heure...

— Tu es la première fille que Chris ait embrassée depuis... l'accident, l'interrompit-elle.

— Ne va pas t'imaginer des choses. Nous ne sortons pas ensemble, tu sais.

Carla se mit à rire.

— Ça en avait pourtant bien l'air !

— J'ai déjà un petit ami, insista Tina.

— Et moi, j'ai un principe : « Si tu ne peux pas être avec celui que tu aimes, aime celui avec qui tu es. »

— Carla, je t'en prie ! N'en parle surtout pas à Josh. Promis ?

— Tu peux compter sur moi, assura Carla. Mais sache que l'université, ce n'est pas comme le lycée. Steve et moi, on sort parfois chacun de notre côté. Tout le monde le fait plus ou moins, ici.

— Vraiment ? Et tu n'es pas jalouse ?

— Pas du tout. Tu verras... on s'y fait.

Mais Tina ne tenait pas à voir quoi que ce soit. La seule pensée que Josh puisse sortir avec une autre fille la remplissait d'horreur.

— Promets-moi de n'en parler à personne, répéta-t-elle encore.

— Promis, dit Carla en se levant d'un bond. Allez, amuse-toi, Tina ! C'est ton premier week-end universitaire !

Sur le chemin du retour, Chris conduisait sans se presser, maintenant un semblant de conversation avec Carla. Plongée dans ses pensées, Tina n'avait aucune envie de parler.

Comment Holly avait-elle pu s'en aller comme cela sans la prévenir? Où était passé Josh? Pourquoi Carla insistait-elle tellement pour la pousser dans les bras de Chris? Et pourquoi s'était-elle laissé embrasser de la sorte? Plus elle cherchait à comprendre, plus elle se sentait en colère... contre sa cousine, Carla, Josh, elle-même et le monde entier.

Chris gara le 4 × 4 le long du trottoir. Avant même que Tina ait ouvert la porte, Carla sauta du véhicule et courut vers le campus.

— A demain, cria-t-elle.

Tina la suivit des yeux, stupéfaite. On aurait dit que Carla s'enfuyait. Était-elle si pressée de la laisser seule avec Chris? Elle se tourna vers le jeune homme.

— Merci de m'avoir raccompagnée. Josh doit être arrivé maintenant.

— Je viens avec toi, décréta-t-il.

— Mais non, ce n'est pas la peine.

— Je ne resterai qu'un instant, promit-il. J'ai quelques trucs à récupérer.

Lorsque Tina franchit l'entrée, son pouls s'accéléra.

Elle gravit rapidement les escaliers et ouvrit la porte.

— Josh?

La pièce était vide et son message toujours sur l'oreiller. Une vague de tristesse la submergea.

La pendule indiquait une heure et quart.

— Où peut-il bien être ? demanda-t-elle à Chris. Ils ont peut-être eu un accident ?

— Non, je suis sûr qu'ils vont bien. Ils sont probablement obligés de rouler très lentement à cause de l'obscurité. Cette route de montagne est très dangereuse.

— C'est bien ça qui m'inquiète ! s'écria-t-elle.

Elle consulta le répondeur. Aucun message.

Elle commençait à se faire vraiment du souci. Cela ne ressemblait pas du tout à Josh de la laisser sans nouvelles. Quelque chose ne tournait pas rond.

Mais quoi ?

— Tu veux venir avec moi au studio ? proposa Chris.

— Non, je préfère l'attendre ici.

Il plongea ses magnifiques yeux verts dans les siens.

— Je t'appellerai s'il y a un message là-bas. A demain.

Il fit un petit geste de la main et tourna les talons.

Dix minutes plus tard, le téléphone sonnait. Tina bondit.

— Josh ? s'écria-t-elle, impatiente d'entendre sa voix.

— Non, c'est moi, Chris.

Déçue, la jeune fille attrapa le téléphone et retourna s'allonger sur le lit.

— Des nouvelles ?

— Josh a laissé un message pour toi.

— Oui ? Où est-il ? Qu'est-ce qui leur est arrivé ? Pourquoi il n'a pas appelé ici ?

— Il a essayé mais le répondeur ne marche pas

très bien, expliqua Chris. Il a dit que le garagiste ne pouvait pas réparer la voiture avant demain matin. Ils vont donc passer la nuit dans le coin. Ils ont trouvé un motel.

— Vraiment ? (Tina avait du mal à cacher sa déception.) Et ils pensent être de retour vers quelle heure ?

— Vers midi. Ils ont encore à peu près quatre heures de route.

Quatre heures ! Ils ne seraient donc pas là avant le déjeuner. Ils n'allaient pas passer beaucoup de temps ensemble !

— Tina ? Tu es toujours là ?

— Oui. Merci de ton appel, répondit-elle, laconique. A demain.

Elle raccrocha. C'était bien parti pour être le pire week-end de sa vie ! Elle sentit la colère l'envahir à nouveau. Il allait se passer des mois avant qu'elle ne trouve une autre occasion de revoir Josh.

Rageusement, elle lança un oreiller à travers la pièce.

Après avoir enfilé un grand T-shirt, Tina se glissa sous les draps. Immédiatement, elle reconnut l'odeur de l'after-shave de Josh. Jamais il ne lui avait tant manqué.

Elle était tellement énervée qu'elle n'arrivait pas à trouver le sommeil. Si Holly ne s'était pas sauvée comme une voleuse, elle aurait au moins eu quelqu'un avec qui parler.

Elle prit une revue de géologie et la feuilleta, à la recherche d'un article intéressant. Pierres et minéraux ! Quel ennui !

Finalement, elle se plongea dans un article sur les mines d'or. Au bout de quelques secondes les mots commencèrent à danser devant ses yeux ; elle était épuisée.

Elle avait à peine éteint la lumière que le visage de l'homme qui l'avait agressée sur le quai de la gare lui revint à l'esprit. Elle ouvrit les yeux et scruta l'obscurité. Les ombres de cette pièce inconnue faisaient courir son imagination.

« Pense à autre chose, se sermonna-t-elle. C'est stupide. Je suis dans une chambre d'étudiant, celle de Josh, et sur le campus d'une grande université. Je suis parfaitement en sécurité. Je vais penser à Josh. Rien qu'à lui, à ses bras lorsqu'il m'enlace, à demain quand nous serons ensemble à la fête foraine. »

Douces, paisibles pensées qui la menèrent vers le sommeil...

Un bruit étrange réveilla Tina en sursaut.

La lune baignait la chambre d'une lumière froide.

Quelle heure était-il ? Combien de temps avait-elle dormi ? Elle était engourdie et n'avait pas envie de bouger.

Puis le bruit recommença. Une sorte de cliquetis. On ouvrait la porte.

Elle respirait difficilement, paralysée par la peur.

Il y avait quelqu'un dans la pièce.

7

Tina se redressa lentement, essayant de percer l'obscurité. Un frisson la parcourut.

— Holly... ? C'est toi... ? murmura-t-elle.

Pas de réponse.

— Josh ?

Les pensées se bousculaient dans son esprit.

Il fallait qu'elle allume.

Oui, mais que ferait-elle s'il y avait quelqu'un dans la pièce ?

Et s'il était venu pour l'enlever ?

Tina tendit l'oreille. Aucun bruit hormis les battements précipités de son cœur. Elle se glissa hors du lit et tâtonna à la recherche de l'interrupteur.

La lumière jaillit.

La jeune fille laissa échapper un bruyant soupir. La chambre était vide.

— Ouf ! soupira-t-elle. Je suis vraiment stressée.

Puis ses yeux tombèrent sur la porte. Grande ouverte. Son sang se glaça.

Les jambes tremblantes, elle s'appuya contre le mur.

Il n'y avait plus personne mais quelqu'un était bel et bien entré !

Elle se précipita dans le couloir, y jeta un rapide coup d'œil. Vide. Un silence de mort planait sur le bâtiment.

Terrifiée, Tina referma puis verrouilla la porte. Attrapant ensuite une couverture, elle s'en enveloppa les épaules et se mit à faire les cent pas.

Elle n'arrivait pas à croire qu'elle ait pu oublier de fermer la porte à clef.

Qui donc était venu ?

La petite pendule indiquait quatre heures. Déjà ! Et Holly qui n'était toujours pas rentrée ! Où pouvait-elle bien être ?

Tina regarda par la fenêtre. Des nuages noirs se bousculaient dans le ciel poussés par un vent d'orage.

Elle eut la vision de Josh endormi dans une chambre crasseuse, des cafards plein les murs.

— Que ça te serve de leçon ! maugréa-t-elle. Pourquoi a-t-il fallu que tu partes camper justement ce week-end ?

Finalement, elle se laissa tomber sur la chaise devant le bureau de Josh.

Elle examinait distraitement les papiers qui traînaient quand elle aperçut sa dernière lettre. Elle sourit. Comme elle l'espérait, il l'avait gardée. Elle trouva quelques factures, de la petite monnaie, une charte des minéraux et un essai sur la transformation des pierres.

Soudain, son œil fut attiré par un objet familier : le porte-clefs qu'elle lui avait offert pour Noël. Que faisait-il ici ?

Elle attrapa le petit morceau de quartz. Les clefs de Josh y étaient attachées.

Comment avait-il pu partir à la montagne sans l'emporter avec lui ? Ne lui avait-il pas répété à plusieurs reprises qu'il ne s'en séparait jamais, que c'était son porte-bonheur ?

— Je vais appeler Chris, dit-elle à voix haute. Il

saura quoi faire, lui. Non, pas maintenant. Pas au milieu de la nuit. Allez, reprends-toi, ma vieille. Arrête de voir tout en noir. Josh a téléphoné, donc tout va bien ! Tu vas dormir et demain tout sera différent.

Elle se recoucha et se pelotonna sous les couvertures.

« Voilà que je parle toute seule maintenant ! » fut sa dernière pensée.

Un énorme coup de tonnerre la réveilla au beau milieu d'un rêve. Elle ouvrit les yeux. Des éclairs déchiraient la nuit, illuminant le rectangle de la fenêtre.

Comme s'il avait été trop longtemps contenu, l'orage se déchaînait avec une violence inouïe. D'énormes gouttes martelaient les vitres en rafales tandis que le vent mugissait furieusement.

Tina mit longtemps à se rendormir. Le cœur battant, sur le qui-vive, elle guettait le moindre bruit, redoutant le retour de son mystérieux visiteur.

« Holly dirait certainement que l'orage est un mauvais présage », songea-t-elle.

Puis la fatigue eut raison de ses angoisses et elle sombra dans un profond sommeil.

Tina souleva une paupière et regarda le réveil. Dix heures et quart !

Le soleil inondait la chambre. L'orage était passé. Enfin un bon signe ! Comment avait-elle pu dormir aussi tard ? Et Josh qui devait arriver dans deux heures !

Elle se tourna vers l'autre lit, espérant y découvrir Holly, mais il était toujours vide. Les vêtements de sa cousine étaient empilés à l'endroit où elle les avait laissés la veille.

Elle n'était pas rentrée de la nuit !

Tina se sermonna. Comment osait-elle juger de sa conduite ! Elle n'était pas sa mère, après tout. Et Holly était tellement heureuse à l'idée de ce week-end de liberté !

D'un autre côté, si sa cousine ne se décidait pas à lui donner de ses nouvelles, il allait bien falloir qu'elle aille en chercher.

Empoignant le téléphone, Tina composa le numéro des renseignements pour obtenir celui d'Alyssa Pryor.

— Désolée, répondit une voix ferme, mais il n'y a pas de numéro à ce nom.

Que faire ? Elle décida d'appeler Chris au studio.

— Bonjour. Dis donc... est-ce que Josh est arrivé ? demanda-t-elle, anxieuse.

— Il n'arrivera certainement pas avant le déjeuner.

Tina soupira.

— Je pensais qu'il avait peut-être rappelé ce matin.

— Il a sans doute hésité à vous réveiller, Holly et toi. Vous voulez que je passe vous prendre pour vous faire visiter le campus ?

— Holly n'est pas rentrée.

— Ah ! Elle a dû dormir chez sa copine, répliqua Chris tranquillement.

— Peut-être, répondit Tina, pas vraiment convaincue.

— Toi, tu te fais encore du souci. Écoute, je termine un développement et je passe te prendre. D'accord ?

La voix de Chris avait un effet apaisant sur elle. Elle se sentit mieux.

— Chris... euh... hier soir, j'ai retrouvé le trousseau de clefs de Josh, et....

— Tu as quoi ? coupa-t-il. Excuse-moi, je n'ai pas entendu, un gros camion vient juste de passer... Oh ! j'entends la sonnerie pour mon développement... A tout à l'heure.

Clic.

Sidérée, Tina fixa le combiné. Il avait raccroché sans même lui dire au revoir.

Pendant qu'elle s'habillait, la musique retentit de l'autre côté de la cloison.

Tina sentit une petite pointe de jalousie ; tout le monde semblait s'amuser, sauf elle. Les yeux baissés, elle aperçut alors un petit éclat de mica vert.

« Exactement comme ceux de mon bustier ! » songea-t-elle, mélancolique.

A cet instant, quelqu'un frappa à la porte.

Chris apparut, la mine réjouie.

— J'ai pensé que tu aurais faim. (Il lui tendit un sac de beignets.) J'espère que tu les aimes au chocolat.

C'étaient ses préférés. Comment avait-il pu le deviner ?

Encore un mystère !

Mais, pour l'instant, elle avait d'autres soucis en tête.

— Regarde, Chris ! s'écria-t-elle, en lui montrant le trousseau de clefs. Tu ne m'avais pas dit qu'ils étaient partis avec la voiture de Josh ?

— Il a dû prendre son trousseau de rechange, suggéra-t-il.

— Mais pourquoi est-ce qu'il n'a pas emporté le porte-clefs que je lui avais offert ? Il m'a dit qu'il ne s'en séparait jamais, qu'il lui portait bonheur.

— Peut-être qu'il ne voulait pas le perdre, ou l'abîmer. Tu sais, ils campaient dans un coin plutôt inhospitalier.

Tina resta songeuse.

Chris devait avoir raison.

Ils sortirent se promener.

Une douce brise rafraîchissait l'ardeur d'un soleil déjà chaud. Ils marchaient côte à côte et leurs doigts s'effleurèrent. Instinctivement, Tina mit les mains dans ses poches. Elle devait se surveiller ; elle était trop sensible à son charme.

Ils passèrent devant une somptueuse demeure victorienne.

— Voici la confrérie des étudiants, annonça Chris.

— Tu en fais partie ? Tu as... juré assistance, comme ils disent ?

— Non. Ce genre de groupe ne m'attire pas du tout.

— Comme Josh et moi !

— Vraiment ? Mais alors... pourquoi va-t-il commencer son initiation au début du prochain semestre ?

Tina s'immobilisa, bouche bée.

Ils avaient pourtant toujours été d'accord pour reconnaître que les confréries et les clubs d'étudiants n'étaient pas leur genre. Trop sérieux ! Difficile d'imaginer que Josh ait changé à ce point-là !

— Est-ce que vous vous êtes parlé récemment ? demanda Chris.

Il la mettait au supplice. Elle éluda la question.

— Hum... Oui, en effet. Il m'en avait vaguement parlé, mentit Tina.

Ils s'arrêtèrent devant un immense édifice.

— Voici le bâtiment principal de l'université de Patterson, annonça Chris sur un ton solennel. (Il monta les marches du perron.) Berceau des pauvres « Mavericks » ! (Il eut un sourire narquois.) L'équipe la plus malchanceuse que j'aie jamais vue ! Un essai par match, c'est leur maximum.

— Ils ne gagnent donc jamais ?

— Rarement. Allons voir le département théâtre, proposa-t-il. Parfois les acteurs passent la nuit dans leurs loges. Peut-être que Holly est restée dormir là-haut.

Après avoir gravi une petite colline, ils pénétrèrent dans une bâtisse de brique rouge au vestibule orné de boiseries en chêne.

Tina retint son souffle en entrant dans la vaste salle de spectacles aux murs décorés de posters d'acteurs célèbres. Le minuscule théâtre de Shadyside ne faisait pas le poids à côté de celui-ci.

Une à une, ils ouvrirent les portes d'autres petites salles.

— Il y a quelqu'un ? appela Tina.

Pas de réponse.

— Allons jeter un coup d'œil dans les coulisses, suggéra-t-elle.

Elle entraîna Chris à travers l'immense auditorium. Leurs pas résonnèrent lorsqu'ils traversèrent la scène.

« Bientôt, se jura Tina, je marcherai sur une scène comme celle-ci, vêtue de tenues incroyables ! »

— A quoi penses-tu ? demanda soudain Chris.

— A un défilé de mannequins.

— Tu seras sublime.

Il la dévisageait avec une attention qui la mit mal à l'aise. Il avait le don de la rendre nerveuse tout autant que celui de la calmer.

Tina se hâta de passer derrière les lourds rideaux de velours pourpre. Elle vérifia chaque loge. Les cintres étaient couverts de costumes d'époque : robes victoriennes, capes, chemises de duel déchirées, tenues de danseurs.

« Décidément la section Art dramatique de cette fac est somptueuse ! Je suis certaine que Holly voudra revenir ici à l'automne. »

— Elle n'est pas là, lui cria Chris de l'autre bout des coulisses.

La jeune fille soupira, le cœur serré par l'angoisse.

— Ici non plus, murmura-t-elle avant de le rejoindre.

Ils se dirigeaient vers la sortie lorsqu'elle perçut un léger bruissement. Elle agrippa nerveusement le bras de Chris, mais ce n'était qu'un balayeur... en pleine action.

Tina s'en voulut.

Elle avait les nerfs à fleur de peau. Elle devait absolument se calmer !

— Où chercher maintenant ? demanda-t-elle.

— Essayons la cafétéria, suggéra Chris, malicieux. Holly mange parfois, non ?

Tina se mit à rire.

— Ça lui arrive, en effet.

Ils traversèrent le campus d'un bon pas.

Une délicieuse odeur de café frais s'échappait des fenêtres grandes ouvertes du restaurant universitaire.

A l'intérieur, Tina se précipita vers un groupe d'étudiantes au look branché.

— Avez-vous vu des étudiants de la section théâtre ce matin ? demanda-t-elle.

Toutes secouèrent négativement la tête.

— Pas encore, répondit une petite blonde. Mais je crois qu'il y a eu une fête toute la nuit dans la Cinquième Rue, alors...

Tina se tourna vers Chris.

— Tu crois qu'elles auraient pu y aller ?

— Possible. Le problème c'est que le week-end, il y a des fêtes à tous les coins de rue.

Tina commençait à en avoir assez de courir après le fantôme de sa cousine. Ses parents avaient vraiment eu une idée de génie de demander à Holly de l'accompagner !

Une fois dehors, la jeune fille se laissa tomber sur la pelouse, découragée :

— Qu'est-ce qu'on fait maintenant ? gémit-elle. On ne peut quand même pas lancer un avis de recherche ! Je ne suis pas sa baby-sitter, mais je me sentirai quand même plus tranquille lorsque je l'aurai retrouvée.

— Appelons sa copine, suggéra Chris.

— J'ai essayé mais j'ai l'impression qu'elle est sur liste rouge, ou un truc comme ça.

— Je sais où on peut avoir son numéro, s'écria-t-il. A la bibliothèque ! Ils possèdent un annuaire spécial qui recense tous les étudiants inscrits.

Joignant le geste à la parole, Chris remonta la colline à petites foulées.

Machinalement, Tina se mit à arracher des touffes d'herbe et à les triturer entre ses doigts. Elle avait beau être assise au soleil sur la pelouse d'un campus magnifique, elle n'était pas heureuse.

Le retour de Chris interrompit sa rêverie.

— Je l'ai, dit-il en brandissant un bout de papier. Et voici un jeton.

Le cœur joyeux, elle se dirigea vers une cabine qu'elle avait repérée un peu plus loin.

Enfin elle allait être fixée ! Alyssa allait répondre et lui passerait Holly. Celle-ci lui donnerait, comme d'habitude, les mille et une bonnes raisons pour lesquelles elle avait *absolument* dû rester dormir là-bas. Mais au moins, elle serait rassurée sur son sort. Ensuite, elle n'aurait plus qu'à retourner dans la chambre de Josh pour l'y attendre.

Au bout de deux sonneries, un répondeur se déclencha et une voix haut perchée annonça : « Bonjour, ici Alyssa. Je suis absente pour le moment et je ne peux pas vous répondre, mais laissez-moi votre nom et je vous... (clic.) »

La machine s'arrêta au beau milieu de la phrase.

Tina lâcha le combiné, toute joie envolée. Maintenant, elle avait la certitude que quelque chose clochait. Quelqu'un mentait.

La voix sur le répondeur n'était pas celle d'Alyssa Pryor !

8

— Il y a quelque chose de bizarre ! s'écria Tina.

Trop de choses étaient bizarres, d'ailleurs. Beaucoup trop. Elle avait du mal à l'admettre mais, pour une fois, elle aurait dû se fier au sixième sens de Holly.

— Le répondeur s'est arrêté d'un coup, je n'ai même pas eu le temps de laisser un message. Et, en plus, ce n'était pas la voix d'Alyssa.

— Les actrices... tu sais ce que c'est ! répliqua Chris. Elles adorent imiter toutes sortes de voix et d'accents. Elle est sans doute en pleine répétition.

— C'est possible. Mais je voulais absolument que Holly sache qu'on la cherche.

Chris sortit son portefeuille et passa en revue ses cartes de crédit.

Tina le fixait, bouche bée.

« Bonté divine ! Il en a plus que ma mère et mon père réunis ! »

— Si tu veux appeler ses parents, je te prête ma carte, proposa-t-il.

La jeune fille réfléchit un instant.

— Non, dit-elle enfin. Si elle est avec un garçon, ça risque de lui causer des ennuis... et à moi aussi d'ailleurs.

Mais l'angoisse ne la lâchait pas. Elle recommença à faire les cent pas sur la pelouse, puis s'y laissa choir. Chris vint s'asseoir à côté d'elle.

— Ce n'est pas ta faute, murmura-t-il.

— On voit bien que tu ne connais pas nos parents, grommela-t-elle. On est censées se surveiller mutuellement.

La vision d'un couple qui passait en se tenant par la main lui pinça le cœur. Ce qui devait être le plus beau week-end de sa vie s'avérait pour l'instant être le pire !

Le chant d'un geai caché dans la verdure la fit sursauter. Au loin, une fanfare se mit à jouer...

— C'est l'ouverture de la fête foraine, annonça Chris. Tu veux aller y faire un tour ?

Tina arracha une touffe d'herbe.

— Quelle heure est-il ?

Chris vérifia sa montre.

— Midi moins dix.

— Déjà !

Elle bondit.

— On devrait plutôt rentrer au campus. Tu ne m'as pas dit que Josh serait de retour vers midi ?

Chris ne répondit pas. Il restait étrangement silencieux, regardant au loin, plissant les yeux sous le soleil.

— Chris ? insista-t-elle. Qu'est-ce qu'il se passe ?

Le jeune homme éluda la question.

— Ce n'est pas Carla qui arrive en courant ?

En effet, la jeune fille se dirigeait droit sur eux, négligeant les allées, coupant directement à travers les pelouses. Elle portait un T-shirt aux couleurs de l'université et avait planté ses lunettes de soleil dans ses cheveux.

— Enfin ! s'écria-t-elle lorsqu'ils furent à portée de voix. Où étiez-vous donc passés ?

— A droite, à gauche, répondit Tina. On cherche Holly partout.

Carla s'immobilisa pour reprendre son souffle. Elle tenta de remettre de l'ordre dans sa chevelure rebelle.

— Bon... euh... je viens d'avoir Steve au téléphone.

Le cœur de Tina fit un bond dans sa poitrine.

— Alors ? Où sont-ils maintenant ?

— A nouveau bloqués. Le garage a effectué une réparation qui n'a pas tenu.

Carla semblait nerveuse. Elle se balançait d'un pied sur l'autre et jetait de fréquents coups d'œil en arrière.

— Il faut que je me sauve, ajouta-t-elle, dans un souffle. Je vais les chercher.

— Je viens avec toi, s'écria aussitôt Tina.

— Non ! répondit vivement Carla. C'est impossible.

Gênée, elle se mordit la lèvre, les yeux fixés sur Chris.

9

— Comment ça, impossible ?

Tina serrait fermement le bras de Carla. Elle n'avait pas l'intention de la laisser partir comme ça !

Celle-ci évitait son regard.

« Pourquoi Carla agit-elle ainsi ? se demanda Tina. Josh est mon petit ami, après tout. C'est normal que je veuille aller le chercher. »

— Tu dois m'emmener, insista-t-elle.

— Il n'y a pas assez de place, expliqua Carla d'un air embarrassé. J'ai un petit coupé sport. L'un des garçons sera déjà coincé entre le siège et la capote.

Tina poussa un profond soupir.

— Et le 4 × 4 ? suggéra-t-elle, pleine d'espoir. On pourrait le prendre pour aller les chercher, hein, Chris.

— Bien sûr !

Le jeune homme leur tendit les clefs.

— Tu devras conduire, Carla. Moi je vais rester ici au cas où Holly réapparaîtrait.

Holly !

Dans son désarroi, Tina l'avait complètement oubliée. Elle ne pouvait décemment pas s'absenter sans savoir ce que sa cousine était devenue.

— Je... crois que je ferais mieux de rester, moi aussi, articula-t-elle, résignée. Mais dépêche-toi Carla. Et dis à Josh que j'ai hâte de le voir.

La jeune fille hocha la tête et tourna les talons. Tina regarda Chris d'un air perplexe.

— Tu ne la trouves pas un peu bizarre, ce matin ?

demanda-t-elle. J'ai la nette impression qu'elle ne voulait pas de moi.

— Elle a peut-être l'intention de faire une petite pause-tendresse, en chemin, lança Chris, désinvolte. Avec Carla, on peut s'attendre à tout.

Une pause-tendresse ?

La bouche de Tina devint sèche. Mais oui ! Carla voulait être seule avec Josh ! Celle-ci lui avait bien dit que Steve et elle sortaient parfois chacun de leur côté. D'ailleurs, depuis son arrivée, elle avait tout fait pour la pousser dans les bras de Chris.

Subitement, tout devenait clair comme de l'eau de roche ! Carla agissait de la sorte parce qu'elle était intéressée par Josh.

— Chris... ? Tu crois que Carla a des vues sur Josh ?

— Avec Steve juste à côté ?

— Ah, oui, tu as raison ! C'est stupide. Mais elle a une façon de se conduire avec moi qui est vraiment très étrange.

— Ça y est, tu as trouvé un nouveau sujet d'inquiétude ! la taquina le jeune homme.

Il lui passa un bras autour des épaules.

— Écoute, tu as besoin de te changer les idées. Je ne veux pas que ce week-end soit un désastre complet, alors j'ai une idée. Un de mes amis tient un magasin de cycles. On va louer un scooter, je te ferai visiter les environs et j'en profiterai pour prendre quelques photos pour mon book. Qu'est-ce que tu en penses ?

— Et Holly ?

— On appellera la chambre régulièrement, tout au

long de la journée. Avec un peu de chance, on risque même de tomber sur elle en ville.

Une demi-heure plus tard, Tina, les bras passés autour de la taille de Chris, roulait dans les collines, cheveux au vent. Ils s'arrêtèrent sur une petite plate-forme taillée à même le roc.

La vue était magnifique. Des forêts de pins descendaient en vagues successives jusqu'aux abords de la ville. Derrière eux, la neige recouvrait les hauts sommets montagneux.

Tina était émerveillée.

« Comme j'aimerais poursuivre mes études dans un endroit aussi majestueux ! » se dit-elle.

— C'est le meilleur point de vue que l'on ait sur la ville, expliqua Chris. Je vais prendre quelques photos de toi, ici.

Il sortit une paire de lunettes et, pour la première fois, se montra intimidé.

— J'en ai besoin pour la mise au point, expliqua-t-il.

Du coin de l'œil, Tina regardait son élégante silhouette penchée sur l'appareil, occupée à le régler. Chris l'attirait énormément. Troublée, elle détourna les yeux et fit semblant d'admirer le panorama.

— Je suis prêt, annonça-t-il enfin. Regarde en direction de la ville ; laisse tes cheveux flotter librement sur tes épaules.

Il commença à la mitrailler.

— Sois naturelle, Tina !

« Facile à dire ! » songea la jeune fille.

Comment rester naturelle sachant que Rob

Roberts allait sans doute voir ses photos ? Elle ne savait que faire de ses mains et de ses pieds.

— Cool ! l'encouragea Chris. Pense à ce soir.

Tina s'imagina dans les bras de Josh, dansant un slow langoureux.

— Superbe ! s'exclama le jeune homme. C'est exactement ce que je veux.

Elle sentait l'intensité de son regard à travers l'objectif.

Tous les photographes se comportaient-ils de la sorte ? Ou ce qui se passait entre eux était-il particulier ?

Il abaissa son appareil.

— C'est bon ! lança-t-il enfin.

Ils retournèrent dans la vieille ville et déambulèrent un moment dans le centre. Ils jetèrent un bref coup d'œil au musée avant de se rendre à la bibliothèque — une vieille bâtisse imposante.

Chris photographia Tina assise sur les marches, arpentant le grand vestibule, admirant les boiseries sombres et les livres reliés de cuir.

Bercée par les directives de Chris, elle oublia ses angoisses.

— J'ai fait des prises magnifiques ! s'enflamma Chris. C'est agréable de travailler avec toi, tu es si naturelle !

Le visage de Tina s'illumina. Le compliment lui allait droit au cœur.

— Merci. J'aimerais tellement devenir une vraie professionnelle.

Tandis qu'ils se dirigeaient vers le scooter, Chris

lui prit la main. Leurs regards se croisèrent et, pendant un instant, le temps sembla s'arrêter.

Un léger bruit la ramena à la réalité.

Tina se sentait tellement bien avec lui qu'elle en avait complètement oublié sa cousine. Elle se racla la gorge.

— Nous devrions retourner au campus, dit-elle. Peut-être que Holly m'attend là-bas.

— Non. Allons plutôt faire un tour à la fête foraine, proposa Chris. Après sa folle nuit, c'est l'endroit idéal où atterrir, et puis elle doit bien se douter que tu vas t'y rendre.

Tina réfléchit un instant. En effet, elles avaient parlé de la foire, dans le train.

— D'accord, répondit-elle.

Sur le chemin, à chaque feu rouge, Chris sautait du scooter, la prenait en photo, puis redémarrait vivement.

Tina était songeuse. Elle espérait que ces clichés seraient bons ou, dans le cas contraire, que personne ne les verrait... Et surtout pas Rob Roberts !

Alors qu'ils approchaient de la place, ils furent accueillis par les odeurs de pop-corn et de barbe à papa. La musique, tonitruante, se mêlait aux cris des amateurs de montagnes russes.

Sur leur passage, les forains les hélaient :

— Trois coups dans le mille, pour un dollar seulement, et tu gagnes une peluche pour ta petite amie !

— Venez tourner la roue de la fortune... elle vous portera chance !

— Essayez votre force ; venez vous battre avec l'invincible Hercule !

Tina était un peu triste. Josh lui manquait. Bien sûr, Chris était adorable ; il passait tout son temps avec elle, mais ce n'était pas pareil.

Il lui prit la main, l'attirant vers un stand d'adresse.

— Viens. J'ai envie de gagner un prix pour toi. Que dirais-tu de cette magnifique peluche violette ?

— Beurk ! Non merci !

Il lui confia son appareil photo. Le forain lui donna trois balles de son. Le jeu consistait à les lancer adroitement à travers les anneaux. On n'avait pas droit à l'erreur.

Chris visa le premier cercle de fer... gagné. Deuxième balle... gagné. Il se tourna vers Tina et lui fit un clin d'œil. Troisième balle... — la jeune fille retint son souffle — mais le projectile heurta le bord de l'anneau et tomba sur le sol.

— Qu'à cela ne tienne ! s'exclama Chris.

Il fouilla dans sa poche à la recherche de monnaie.

Tina était consternée. Elle ne tenait pas du tout à ce qu'il gagne cet horrible singe violet.

C'est alors qu'une voix familière la tira de ce mauvais pas.

— Tina ?

Elle pivota.

— Jack !

Jack Hampton avait passé son diplôme à Shadyside High, une année avant Josh. Ils étaient les meilleurs amis du monde. Elle était ravie de le voir.

— Qu'est-ce que tu fais là ? lui demanda-t-il. Tu ne sors plus avec Josh ?

— Bien sûr que si ! Je suis venue pour le voir ce week-end, mais tu le connais... il est parti faire des recherches géologiques et a eu des problèmes avec sa voiture.

Jack secoua la tête.

— C'est tout lui, ça !

— Je te présente Chris, continua Tina. Il partage sa chambre avec Josh et... il me fait visiter les environs.

Jack tendit une main que le jeune homme serra brièvement.

— On devrait y aller, lança Chris en se tournant vers Tina. Je veux faire encore quelques photos sur les manèges.

Nerveux, il triturait la bandoulière de son appareil. Tina était surprise. Il avait l'air jaloux !

— Attends, lui dit-elle. Il y a longtemps que je n'ai pas vu Jack.

— Tes parents t'ont laissée venir seule ? reprit celui-ci. C'est étonnant !

— Non. Je suis avec ma cousine Holly. Au fait, tu ne l'aurais pas vue traîner dans le coin ? Elle doit être avec Alyssa Pryor.

— Alyssa Pryor ? (Jack fronça les sourcils.) Alyssa, de Shadyside ? répéta-t-il. C'est bizarre !

Tina blêmit, elle sentit son estomac se nouer. Du coin de l'œil, elle vit Chris qui se tortillait, mal à l'aise.

— Alyssa n'habite plus ici, reprit Jack. Elle est inscrite à l'école d'Art dramatique de Seattle.

10

— Tu plaisantes ! s'exclama Tina.

Elle refusait d'y croire. Ses doigts se crispèrent sur le bras de Chris.

— Tu en es sûr ? Tu vois de qui je parle ? Alyssa Pryor... une grande blonde aux cheveux courts ? Son père tient une boutique de vêtements dans le centre commercial.

— J'en suis certain, répondit Jack. Je lui ai téléphoné la semaine dernière. On a même parlé de Josh, de toi et de tous les copains de Shadyside.

Tina fut prise de vertige et crut que ses jambes allaient se dérober sous elle. Quelqu'un mentait, mais qui ? Alyssa ? Chris ? Josh ? Carla ?... C'était sûrement Carla. Il fallait que ce soit elle !

— Mais alors... où est Holly ? balbutia-t-elle, la voix cassée.

Elle eut d'abord la vision de sa cousine morte, allongée dans un fossé ; puis elle la vit attachée à une chaise et torturée par des motards ivres.

— Il s'agit peut-être d'une autre Alyssa, suggéra Jack, compatissant.

Tina n'y croyait pas. Si seulement elle savait ce que trafiquait Carla.

A cet instant, une ravissante jeune fille rousse s'approcha de leur petit groupe. Sans les saluer, elle passa un bras sous celui de Jack et le tira en arrière.

— Tout le monde t'attend, minauda-t-elle.

Celui-ci se laissa entraîner.

— Ne t'en fais pas ! cria-t-il à Tina, en lui faisant

un signe. Tu vas la retrouver. Dis-lui bonjour de ma part.

Tina poussa un profond soupir. L'absence de sa cousine devenait franchement inquiétante.

Elle se tourna vers Chris.

— Il faut absolument partir à sa recherche, décréta-t-elle. Il lui est peut-être arrivé quelque chose de grave.

Préoccupée, Tina heurta de plein fouet un gamin, les mains chargées de pop-corn. Levant alors les yeux, elle aperçut un clown grimaçant aux lèvres peintes en rouge sang. Une flopée d'enfants le suivait. Ils entourèrent la jeune fille en riant et en criant. Elle étouffait. Elle se sentait prisonnière.

« Lâchez-moi ! hurla-t-elle intérieurement. Mon Dieu ! Je n'arrive plus à parler. J'ai besoin d'espace. »

Elle se plaqua les mains sur les oreilles.

« Holly, Holly... où es-tu donc ? »

— Il faut que je sorte d'ici, s'écria-t-elle subitement.

— Calme-toi, dit Chris. Nous allons la retrouver. Fais-moi confiance.

Il la prit par le bras et la força à s'asseoir sur un banc.

— Comment pourrais-je garder mon calme, alors que ma cousine a disparu ? protesta-t-elle, irritée. Elle peut se trouver n'importe où... et la voix sur le répondeur était tellement bizarre ! Chris, il se passe quelque chose d'anormal !

Il plongea à nouveau son regard intense dans le sien.

— Tu avais bien dit que Holly voulait un peu de

liberté, non ? hasarda-t-il. Et qu'elle était toujours à la recherche de bonnes occasions ?

— Oui, mais...

Tina s'interrompit.

Chris essayait d'être raisonnable mais, là, elle se sentait craquer. Quelqu'un lui mentait et elle voulait savoir pourquoi.

— Il faut prévenir la police, décida-t-elle.

— Voyons ! Tu ne peux pas lancer un avis de recherche à moins que la personne n'ait disparu depuis plus de vingt-quatre heures. Vous êtes arrivées hier soir à neuf heures, et tu l'as perdue de vue vers deux heures du matin, donc, au pire, ça fait... (Chris regarda sa montre.) dix heures.

Tina était atterrée.

Seulement ? Elle avait l'impression d'attendre Josh depuis un siècle !

— Je devrais peut-être prévenir mon oncle et ma tante, murmura-t-elle.

— Si tu veux.

Mais, en réalité, la jeune fille n'en avait aucune envie. Ces derniers appelleraient ses parents et tout le monde rappliquerait à Patterson. Son week-end avec Josh serait définitivement fichu avant même d'avoir commencé.

— Non, dit-elle, enfin. Mais je ne sais plus quoi faire.

— Moi, je sais ce dont tu as besoin, répliqua Chris. (Il se leva.) C'est d'un énorme banana split.

Tina essaya de cacher sa surprise. Elle adorait les banana split. Mais comment Chris pouvait-il le savoir ? Était-il capable de lire dans les pensées ? « Je ne suis pas une drôle de compagnie pour lui. Il faut que j'arrête de me torturer l'esprit et que je m'amuse un peu », décida-t-elle.

Après le banana split, ils se rendirent à la grande roue. Tandis qu'ils faisaient la queue, Tina essaya de maintenir un semblant de conversation. Sans grand succès. Son esprit revenait sans cesse à Josh et à Holly.

— Alors, tu les connais ? demanda Chris.

— Hum... qui ?

— Ça ne fait rien. Prépare-toi, ça va être notre tour.

Un forain les aida à s'installer dans la nacelle ; Chris abaissa la barre de sécurité. Un instant plus tard, la roue s'ébranlait. Avec la distance, le brouhaha de la fête s'estompa. L'air frais lui fit du bien.

Chaque fois que la roue descendait, Tina sentait son estomac se soulever. Chaque fois qu'elle s'élevait, elle le sentait se comprimer.

Chris réarma son appareil photo et se remit à la mitrailler, pendant qu'elle scrutait la foule à ses pieds. Elle avait le vague espoir de repérer Holly.

Elle décida d'observer un secteur différent à chaque tour. Mais, juste au moment où ils atteignaient le faîte de la courbe, la roue s'arrêta.

Tina leva les yeux vers le ciel. Les nuages étaient presque à portée de la main.

— Ça t'est déjà arrivé de rester bloquée sur une grande roue ? demanda Chris.

— Jamais.

Derrière eux, des enfants se mirent à pleurer, réclamant leurs parents. Un oiseau plana, fit une courte halte sur l'immense armature de fer puis reprit son vol.

« Comme j'aimerais pouvoir m'envoler moi aussi ! rêva Tina. Et remonter dans le temps ! Je recommencerais ce week-end à zéro. »

Perdue dans ses pensées, elle n'avait pas remarqué que Chris s'était rapproché d'elle... à la toucher. Ce qu'elle perçut tout d'abord fut l'étrangeté de son regard.

Consternée, elle réalisa qu'il allait l'embrasser.

« Oh, non ! songea-t-elle. Pas maintenant ! Pas ici ! D'ailleurs, je ne veux pas l'embrasser ! J'ai un petit ami que j'aime et qui va arriver d'une minute à l'autre. »

Chris lui effleura la joue. Elle se figea puis s'écarta.

— Arrête de te faire du souci, chuchota-t-il. Je te l'ai déjà dit.

Il l'enlaça et posa doucement ses lèvres sur les siennes. Malgré ses bonnes résolutions, elle fut incapable de résister. Chris la serra encore plus fort, son baiser se fit plus intense.

« Que c'est bon ! se dit Tina. Je sais que je ne devrais pas, mais j'aime tellement ça ! »

Il promena les doigts dans ses cheveux, puis lui prit le visage entre les mains ; il avait un regard étrange, presque absent.

Tina lui toucha le bras.

— Chris ? Ça va ?

Il ne répondit pas.

— Chris, répéta-t-elle. Dis quelque chose.

Le jeune homme secoua la tête, sortant de sa torpeur.

— Désolé, murmura-t-il. Je... je n'étais pas remonté sur la grande roue depuis...

Tina en fut émue.

— Je comprends, dit-elle doucement. Carla m'a raconté.

— J'ai constamment son visage devant les yeux, avoua-t-il. J'aimerais tant pouvoir l'effacer et me reposer enfin !

Ce fut au tour de Tina de le réconforter.

— Il faut du temps, dit-elle.

Il plongea son regard dans le sien.

— Josh est vraiment fou de t'avoir laissée seule, déclara-t-il tout à trac. Et si je n'étais pas arrivé à temps à la gare ? Qu'est-ce qui se serait passé ?

Rétrospectivement, Tina en eut des frissons.

— Je préfère ne pas y penser.

— Il aurait dû rester ici, poursuivit-il. Moi, si j'avais une petite amie telle que toi, je n'irais nulle part sans elle.

Il se rapprocha encore.

Embarrassée, Tina tenta de changer de sujet.

— J'espère qu'ils vont vite nous faire redescendre.

— Rien ne presse ! lança Chris en l'enlaçant à nouveau.

— J'ai peur du vide, mentit-elle.

Il la serrait si étroitement qu'elle pouvait à peine respirer.

Tina regarda le ciel.

« Mon Dieu, faites que ça redémarre ! supplia-t-elle intérieurement. On est trop lourds pour être du même côté. »

Chris l'embrassa sans douceur. Ses lèvres sentaient le chocolat.

— Chris ! s'écria-t-elle. (Elle essaya de le repousser.) Fais attention ! Tu vas nous faire basculer.

Mais il ne l'écoutait plus. Il lui reprit la bouche avec fougue.

Tina tourna la tête.

— Arrête ! ordonna-t-elle.

Les pupilles de Chris se dilatèrent. Son visage, détendu quelques instants auparavant, était à présent tordu par la rage.

— Qu'est-ce qu'il y a ? hurla-t-il. A quoi tu joues avec moi ?

Horrifiée par cette soudaine métamorphose, Tina s'arracha à ses bras.

— Je... je ne joue pas, bégaya-t-elle.

Chris se pencha vers elle en l'agrippant par le cou. Il lui planta un baiser sur la joue et lui glissa la langue dans l'oreille. Des frissons la parcoururent.

Elle le repoussa en criant.

« *Par pitié, que cette roue redémarre !* »

Chris la regardait fixement.

— Je croyais que tu éprouvais quelque chose pour moi, cracha-t-il. Ça n'avait pas l'air de te déplaire quand je t'ai embrassée tout à l'heure, hein ? Avoue que tu ressens quelque chose pour moi.

— Bien sûr... je veux dire... je t'aime bien, mais tu sais ce que j'éprouve pour Josh.

— Et la nuit dernière, lorsqu'on s'est embrassés sous le porche, c'est à lui que tu pensais ?

Effrayée par cet accès de fureur, Tina cherchait les mots susceptibles de le calmer.

— Non, reconnut-elle. Mais Josh et moi on est ensemble depuis deux ans, et je ne... (Elle baissa les yeux.) Tu comprends ?

Chris ne répondit pas. Son regard errait sur la nacelle. Il posa soudain les mains sur la barre de sécurité et se mit à la soulever.

— Je vais ôter cette barre, menaça-t-il. Tu n'es qu'une sale petite allumeuse ! Avoue-le, Tina !

La nacelle penchait dangereusement vers l'avant.

— Chris ! Arrête ! On va tomber !

— Alors, embrasse-moi immédiatement et dis-moi ce que tu ressens vraiment pour moi. Allez... Fais-le ! Maintenant !

— Non !

Chris commença à se balancer violemment d'avant en arrière.

Tina sentit son estomac se contracter. Le sang battait à ses tempes. Elle agrippa la barre de sécurité et regarda la foule à ses pieds. Ce fut alors qu'elle se vit tomber... tomber et s'écraser sur le béton.

— Chris ! Arrête ! hurla-t-elle.

Il éclata de rire et continua à se balancer de plus belle.

Tina était terrorisée, elle serrait la barre si fort qu'elle ne sentait plus ses doigts. Son pouls s'accéléra. Elle ouvrit la bouche pour crier, mais aucun son n'en sortit.

Les doigts de Tina glissèrent et lâchèrent la barre.

Comme dans un rêve, elle se sentit projetée en avant.

« Je vais mourir ! pensa-t-elle. Josh ! »

Elle ferma les yeux et commença à tomber.

11

Plus bas... toujours plus bas...

Lentement, Tina prit conscience que ce n'était pas elle qui tombait... mais la nacelle. La roue s'était remise en marche.

La jeune fille poussa un soupir de soulagement.

Elle se tourna légèrement pour regarder Chris à la dérobée. Son air absent la frappa. Il manipulait nerveusement son appareil photo, les yeux fixes.

« A quoi pense-t-il ? se demanda-t-elle. Est-ce qu'il se rend compte qu'il a failli nous tuer ? »

Elle tremblait, son cœur cognait violemment dans sa poitrine. Agrippée à son siège, elle maintenait la plus grande distance entre eux. Elle se prépara à bondir hors de la nacelle, dès son arrêt. Pas question de rester une seconde de plus dans cet engin.

Mais lorsqu'elle arriva près du sol, la roue ne s'arrêta pas.

— Chris ! s'écria le mécano. Je t'offre un tour gratuit en dédommagement de cet arrêt imprévu.

— Et si on en profitait pour faire d'autres photos ? proposa Chris, décontracté. La lumière là-haut est extraordinaire.

Tina était effarée. Il agissait comme si de rien n'était ! Elle n'arrivait pas à le croire ! Elle garda le silence.

Chris remarqua enfin son expression.

— Je t'ai fait peur, hein ?

Elle hocha la tête.

— Excuse-moi, marmonna-t-il. C'était pour plaisanter. Je suis vraiment désolé.

Une plaisanterie ?

Tina resta silencieuse.

Sa voix était douce. Il était redevenu le Chris auquel elle avait du mal à résister. En fait, il lui faisait pitié. La mort de sa petite amie devait l'avoir drôlement secoué et il avait besoin d'aide. Mais avant tout, il fallait qu'elle sorte de cet engin ; ensuite, elle pourrait s'occuper de lui.

La nacelle s'arrêta enfin.

D'un bond, Tina fut sur la terre ferme.

— Hé ! Attends-moi ! implora Chris derrière elle. Ne m'en veux pas, je t'en supplie.

Elle se mordit la lèvre. Sa détresse semblait sincère. Mais, après tout, c'était sa faute aussi. Si elle ne l'avait pas laissé l'embrasser, rien de tout cela ne serait arrivé !

Elle jeta un coup d'œil sur la grande roue, et frissonna rétrospectivement.

— Je t'en prie, insista-t-il. Je n'étais pas retourné à une fête foraine depuis... tu sais... l'accident de Judy, et... j'aurais dû prévoir ma réaction.

— Je voudrais retourner au campus, rétorqua-t-elle en se détournant. Peut-être que Holly nous y attend.

Chris acquiesça. Il tenta de lui reprendre la main. Choquée, Tina ne le laissa pas faire. Ils entendirent le rire haut perché d'un clown. Le vacarme devenait oppressant ; des enfants criaient et couraient dans tous les sens, surexcités.

Tina n'en pouvait plus. Si elle restait une minute

de plus, ses nerfs allaient lâcher ! Elle voulait rentrer, prendre un bain, se laver les cheveux et se faire belle pour Josh.

Elle grimpa sur le scooter, derrière Chris, et ils se faufilèrent dans la circulation. Au bout de quelques minutes, Tina réalisa qu'il avait pris la mauvaise direction. Elle lui tapa sur l'épaule.

— Chris ! cria-t-elle, la cité universitaire n'est pas de ce côté.

— J'ai pensé qu'on pourrait d'abord passer à mon studio, répondit-il. Le temps de prendre quelques photos d'intérieur.

— Non ! s'écria-t-elle. Pas maintenant ! (Elle le tira par la manche.) Fais demi-tour !

Chris se rangea sur le bas-côté.

— Écoute ! Il n'est que trois heures. Carla et les garçons ne seront pas là avant cinq heures. On a largement le temps.

— Mais, j'ai une tête de déterrée, protesta Tina. (Elle passa les doigts dans ses cheveux emmêlés.) Je dois être affreuse.

— J'ai tout ce qu'il faut au studio : des vêtements, du maquillage, tout ce dont tu pourrais avoir besoin. Et de plus, j'ai promis à mon oncle de lui montrer quelques-unes de tes photos.

Tina hésita. « Si Rob Roberts les aime, qui sait s'il ne me demandera pas d'être son mannequin vedette... » Elle devait saisir sa chance. D'un autre côté, c'était risqué. Que ferait-elle si Chris piquait une nouvelle crise ? Elle devait se montrer prudente, garder un œil vigilant sur lui. S'il faisait quoi que ce soit de bizarre, elle s'en irait.

— S'il te plaît, supplia-t-il.

— D'accord, d'accord, répondit-elle sèchement. Mais pour une heure seulement.

Il leva la main droite en souriant.

— Promis, juré !

Puis il remit le scooter en route.

Tina s'absorba dans ses pensées.

« Je deviens parano ! songea-t-elle. Peut-être que j'ai paniqué trop vite sur la grande roue ? » En y réfléchissant bien, Josh avait déjà fait le même genre de truc stupide à une fête de Thanksgiving, avec son copain Jack Cooper. Ils avaient essayé de sortir l'une des voitures de course du circuit.

« Je ne crois pas que Chris voulait me faire du mal... Et puis il a l'intention de montrer mes photos à son oncle... Il y aura au moins quelque chose de positif à tirer de cet horrible week-end. »

Ils arrivaient à une intersection encombrée lorsque l'attention de Tina fut subitement attirée par un T-shirt aux couleurs de l'université. La fille qui le portait, une brune aux cheveux courts, était très occupée à embrasser un garçon adossé contre une voiture.

Tina blêmit.

Carla !

Carla qui était censée être en route pour récupérer les garçons. Mais qu'est-ce qu'elle fichait là ?

12

— Chris ! hurla Tina en le secouant par le bras. Arrête-toi !

Chris ralentit, puis se gara le long du trottoir.

— Je viens de voir Carla ! Elle était avec un type, en train de l'embrasser.

— Quoi ? s'exclama-t-il. Mais, enfin, ce n'est pas possible.

— Je te dis que si ! Fais demi-tour ! Vite !

— C'est une rue à sens unique. Je dois faire le tour du pâté de maisons.

— Dépêche-toi ! le supplia-t-elle.

Chris reprit la route.

Tina était affreusement inquiète. Que se passait-il donc ? Pourquoi Carla avait-elle menti ?

— Plus vite ! murmura-t-elle. Je dois lui parler. Je veux savoir la vérité.

Mais au moment où Chris amorçait un virage sur la gauche, le moteur cala.

— Oh, nooon ! gémit Tina. Qu'est-ce qu'il y a, maintenant ?

— Je ne sais pas. Descends.

Il poussa le scooter sur le côté, descendit et plongea le nez dans le moteur.

Impatiente, Tina se demandait si elle ne ferait pas mieux de continuer à pied. Malheureusement, elle ne connaissait pas la ville et toutes ces rues se ressemblaient tellement !

Plusieurs fois, Chris essaya de redémarrer, mais sans succès.

— Le moteur est noyé, annonça-t-il.

— Alors on y va à pied ! décida-t-elle.

— Attends ! Je vais réessayer.

Après plusieurs tentatives, le moteur toussa puis se remit à ronronner.

— En route !

La circulation était dense mais Chris conduisait avec adresse.

— Là ! C'est cette rue ! s'écria Tina. On y est.

— Alors, où est Carla ?

Tina fouilla le parking des yeux.

— Là-bas ! Près du 4 × 4.

Chris s'en approcha, mais l'endroit était désert.

— Je suis sûre que c'était Carla, insista Tina. Pourquoi est-ce qu'elle n'est pas encore partie ?

— C'est ridicule, rétorqua Chris. Elle a même pris ma voiture.

— Oui, mais rappelle-toi comme elle était bizarre, ce matin. Peut-être qu'elle n'est pas partie !

— Mais pourquoi mentirait-elle ?

C'est bien ce que se demandait Tina. Pourquoi ? Quelque chose lui échappait, quelque chose qu'elle devait absolument découvrir.

— Parce que... on dirait qu'elle n'a pas envie que je voie Josh, avoua Tina.

— Steve et Carla ont rendez-vous pour le bal de ce soir, lui rappela Chris. Je suis sûr qu'elle a autant envie que toi que les garçons reviennent. Tiens, regarde... (Il lui désigna deux filles qui passaient sur le trottoir d'en face.) Tu vois cette fille, là-bas ?

La plus jeune portait un jean et un T-shirt aux couleurs de l'université. De loin, on aurait pu la prendre pour Carla.

— D'accord, admit Tina. Tu as gagné.

— Ça va mieux ?

— Un peu.

Elle mentait. Elle était certaine de ne pas s'être trompée ; la fille qu'elle avait vue sur le parking était bien Carla, pas son sosie.

— Allons-y, pressa Chris. Il ne nous reste plus beaucoup de temps.

Ils enfourchèrent le scooter et, quelques minutes plus tard, s'engagèrent dans une rue étroite et mal entretenue. Le jeune homme ralentit devant une grande bâtisse entourée d'un terrain vague. Les murs étaient couverts de vigne vierge.

Il s'engagea dans une allée, contourna la maison puis coupa le moteur.

— Le studio est au sous-sol, dit-il.

Chris précéda Tina. Il descendit quelques marches et déverrouilla une porte qui ouvrait sur un long couloir. L'air sentait le moisi, une ampoule pendait lugubrement au bout de son fil, jetant une lueur glauque sur une moquette sale.

— Comment as-tu déniché cet endroit ? questionna Tina, incrédule.

— Ça m'a pris du temps. (Chris avança vers la porte du fond.) Je cherchais un endroit tranquille et comme c'est au sous-sol, on n'entend pratiquement pas les bruits de la rue. C'est idéal.

Il souleva un loquet puis tourna deux verrous.

Perplexe, la jeune fille se demanda pourquoi il y avait tant de fermetures. Que craignait-il ? Des cambriolages ? Elle aurait parié que personne ne connaissait cet endroit.

Sans trop savoir pourquoi, elle se sentait oppressée.

— J'ai là une fortune en matériel, expliqua-t-il, comme s'il lisait dans ses pensées. On n'est jamais trop prudent.

Il ouvrit la porte, s'effaça pour la laisser passer, puis appuya sur un bouton : toutes les lampes s'allumèrent, de même que la stéréo qui diffusa un morceau des Psycho Surfers.

— J'ai tout bricolé de façon à n'avoir qu'à toucher un bouton, continua-t-il. (Il accrocha ses clefs à côté de la porte.) Je sais que la musique est un peu forte mais elle m'aide à me mettre dans l'ambiance pour travailler.

Le pouls de Tina s'accéléra. Elle adorait ce rythme. Bouche bée, elle parcourut la pièce du regard, fascinée.

Le studio était immense, quasiment sous terre ; la lumière n'entrait que par deux petits vasistas au ras du plafond. Une épaisse moquette beige recouvrait le sol et les murs étaient tapissés de photos et de posters de top models vêtues de tenues plus excentriques les unes que les autres.

Impressionnée, Tina reconnut la plupart des filles qui faisaient la une des magazines de mode. Les photos avaient dû être prises par l'oncle de Chris.

« J'espère que les miennes seront aussi bonnes », songea-t-elle.

Chris l'observait, fier de lui.

— Mets-toi à l'aise, lança-t-il en se dirigeant vers le

fond de la pièce. Je vais vérifier quelque chose dans la chambre noire.

Il disparut par une petite porte.

Elle décida de faire le tour du studio ; le moindre objet l'intéressait.

A droite de l'entrée, une longue table supportait toutes sortes d'accessoires : lentilles, filtres, zooms, bagues de réglage, flashes et objectifs. Puis elle découvrit un trépied, un énorme ventilateur et de multiples projecteurs. Contre le mur opposé, une étagère ployait sous le poids de divers appareils photo, de flacons, de douzaines de rouleaux de pellicule. Dans le coin le plus éloigné, Tina repéra un petit bureau, une chaîne haute fidélité et une télévision grand écran.

« C'est vraiment un endroit génial ! » se dit-elle.

Subjuguée, Tina s'approcha des murs et détailla chaque photo. Sur l'une d'entre elles, une kyrielle de jolies filles en tenue de soirée lui souriait. Chacune d'elles avait signé son nom au bas : Gabrielle, Francesca, Tahnee. Ces prénoms la surprirent. Elle trouva le sien horriblement commun.

Puis elle tomba en arrêt devant une série de clichés étranges.

Elle ne sentit la présence de Chris qu'au dernier moment, lorsque celui-ci posa les mains sur ses épaules. Tina sursauta.

— Je devrais en faire une de toi comme celle-ci, observa-t-il.

— Comment fais-tu ?

Elle désigna une fille assise sur une plage. La photo était en noir et blanc, sauf les lèvres et les ongles qui étaient rouge vif; une petite pelle bleue émergeait du sable non loin de ses orteils.

— Je fais du noir et blanc, puis je colorie avec des stylos spéciaux, expliqua-t-il. J'obtiens ainsi les effets que je veux. Par exemple, je pourrais te faire les cheveux bruns et les yeux verts.

— C'est toi le photographe, s'exclama-t-elle, en riant. Tu peux faire ce que tu veux.

Chris la considéra avec un sourire malicieux.

— Ce que je veux... ?

Tina sentit son visage s'empourprer.

— Enfin, tu... vois ce que... je veux dire, bégaya-t-elle.

Quelle idiote! Elle devait faire attention à ne pas lui donner de faux espoirs.

Le mannequin sur la photo lui ressemblait. Elles auraient pratiquement pu être jumelles. La seule différence résidait dans la couleur des yeux et des cheveux. Elle souriait au photographe, la bouche entrouverte, prête à parler. Tina pouvait presque entendre sa voix!

« Qui est-ce? se demanda-t-elle. On dirait qu'elle essaie de me dire quelque chose! »

Un frisson la parcourut. Le malaise, qui avait commencé à se dissiper, l'envahit à nouveau. Elle se força à détourner les yeux et à continuer son inspection.

Chris ne la lâchait pas d'une semelle.

Ce fut alors qu'elle vit le bateau, toutes voiles dehors.

— C'est ton voilier? demanda-t-elle.

Chris ne répondit pas. Il la fixait d'un air absent. Son regard devint vitreux.

Tina se maudit. Elle avait encore gaffé ! Pourquoi ne pouvait-elle pas se taire de temps en temps ? Il devait penser de nouveau à Judy.

Elle retint sa respiration, terrifiée à l'idée qu'il ait la même crise que sur la grande roue !

Mais les yeux de Chris balayèrent son visage sans paraître la voir. Comme un somnambule, il fouilla longuement dans sa poche avant d'en sortir ses lunettes. Puis il se passa les doigts dans les cheveux.

— *C'était* mon bateau, articula-t-il enfin.

Le silence tomba entre eux, lourd, presque palpable. Tina fit semblant de regarder une autre photo.

— Il y a du maquillage dans la salle de bains, reprit Chris doucement. Vas-y. Je voudrais que tu mettes beaucoup d'ombre à paupières et de rouge à lèvres. Puis on choisira une tenue.

Chris pivota et s'absorba dans le choix des objectifs.

Tina s'avança dans la direction qu'il lui avait indiquée. Deux portes lui faisaient face.

Laquelle ouvrir ?

Elle opta pour celle de gauche.

Au moment où elle allait saisir la poignée, Chris se mit à hurler.

— Non ! Pas celle-ci !

Elle sursauta et se retourna d'un bloc.

En trois enjambées, il fut sur elle.

— Excuse-moi, dit-il, mais il y a, dans cette pièce, beaucoup de produits chimiques qui ne doivent surtout pas recevoir la lumière.

Tina se détendit.

— Je croyais que c'était la salle de bains, c'est l'autre, alors ?

— Oui, j'aurais dû te le dire. C'est ma faute.

Tina ouvrit la porte et appuya sur l'interrupteur. La pièce resta dans l'obscurité.

— Oh, excuse-moi, lança Chris. Il faut que tu utilises celui qui se trouve à côté du miroir.

La jeune fille avança lentement dans le noir, les bras tendus. Elle n'y voyait rien.

Son pied buta contre un obstacle ; quelque chose de lourd et de dur.

Elle s'agenouilla et tâtonna devant elle.

Elle se figea. Sa main venait de rencontrer des cheveux... des cheveux humains.

Quelqu'un était étendu sur le sol.

Immobile.

Mort.

13

Tina se mit à hurler.

Chris se précipita ; la lumière jaillit brutalement.

La jeune fille cilla, puis regarda le sol avec horreur.

Un corps gisait à ses pieds et c'était... celui d'un mannequin.

Vêtu d'une robe rouge et coiffé d'une perruque brune, un sourire figé sur son visage trop lissé, il semblait fixer Tina de ses yeux bleus sans vie.

— Oh ! je... je suis désolée ! bégaya-t-elle. Je croyais...

— Laisse-moi te présenter Mary, dit Chris. On travaille ensemble pour les tests de lumière. Excuse-moi, je n'aurais pas dû la laisser ici. Ça va ?

Tina tremblait comme une feuille.

— Ou...i. Je vais... me préparer.

Elle contempla son image dans le miroir. La puissante lumière faisait ressortir chaque pore de sa peau et elle avait des cernes sous les yeux.

Il fallait cacher tout cela.

Heureusement, à force de dévorer les magazines de mode, elle savait comment se maquiller ; mais c'était sa première vraie séance photos.

Une variété impressionnante de fonds de teint, de crèmes et de pots s'alignaient sur la tablette d'une coiffeuse. Il y avait de tout : rouges à lèvres — brillant, brun profond, magenta, blanc — eye-liners, ombres à paupières, crèmes, crayons et poudres diverses ; elle n'avait que l'embarras du choix.

Chris l'observait. Il leva une main vers son visage.

— Commence par le fond de teint, conseilla-t-il. Pas trop foncé, plutôt un ivoire.

Tina versa le pâle liquide dans sa main puis l'étala sur ses joues. En principe, elle n'en mettait jamais, mais aujourd'hui c'était différent. Elle accentua la forme de ses yeux d'un trait d'eye-liner noir, appliqua une ombre à paupières taupe et du mascara noir. Pour terminer, elle opta pour un fard à joues corail et un rouge à lèvres carmin brillant.

Chris suivait chacun de ses mouvements.

— Plus de rouge, suggéra-t-il. Maintenant ajoute

ceci. (Il lui tendit un fin pinceau.) Souligne tes lèvres avec une couleur plus sombre.

Elle pivota pour lui faire face.

— Comment me trouves-tu ?

— Superbe ! Il ne reste plus qu'à ajouter un peu de poudre pour que ton visage ne luise pas sous les projecteurs, et ce sera parfait... (Il ouvrit un tiroir et en sortit une boîte avec une houppette.) Je vais le faire, décréta-t-il.

Bien que Chris ait les yeux rivés aux siens, Tina eut la nette impression qu'il ne la voyait plus en tant que Tina Rivers. Elle était un objet qu'il modelait, qu'il métamorphosait. Sa création.

Elle avait lu dans plusieurs magazines que Rob Roberts prenait grand soin de ses modèles au cours des séances photos. Il devenait leur meilleur ami. Et lorsqu'il avait terminé un gros boulot, il partait en mer et passait des semaines sur son yacht, ne parlant à âme qui vive à l'exception de ses chats.

« La bizarrerie doit être un caractère héréditaire ! » songea Tina.

Chris recula pour admirer son œuvre.

— Parfait ! s'exclama-t-il. Brosse-toi les cheveux mais laisse-les libres. Dans ce placard, là derrière, tu trouveras des vêtements. (Il désignait une porte encastrée dans le mur.) On va commencer avec la minijupe rouge, le bustier blanc et les sandales assorties.

— Comme tu veux, répondit-elle.

— A tout de suite.

Chris sortit de la salle de bains.

Tina fit coulisser la porte et s'immobilisa, sidérée.

La penderie était bourrée à craquer de bodies, de jeans, de chemisiers en soie, de robes du soir somptueuses.

« D'où sort-il tout ça ? C'est exactement ce que j'achèterais chez Dalby à Shadyside... si j'en avais les moyens. »

Elle passa les robes en revue. Trente-six, trente-six, trente-six... Exactement sa taille ! Si Chris achetait des vêtements pour tous ses modèles, il devait être très riche !

Elle se changea et s'admira longuement devant le grand miroir fixé derrière la porte de la salle de bains. L'ensemble lui allait à merveille, mettant en valeur sa fine silhouette de danseuse. « Josh m'adorerait dans cette tenue, songea-t-elle. Je demanderai à Chris s'il veut bien me la revendre. »

En sortant, Tina nota que la musique avait changé ; elle était plus douce. Elle ne connaissait pas ce groupe.

— Prête ? demanda Chris.

Il avait remis ses lunettes, ce qui lui donnait l'air très sérieux.

— Où veux-tu que je me place ? demanda-t-elle, un peu intimidée.

— Assieds-toi sur le divan en te mettant légèrement de profil.

Tina suivit ses instructions. L'air du grand ventilateur jouait dans ses cheveux, la lumière des spots lui chauffait le visage.

Chris arma son appareil et commença à la mitrailler.

— Fais-moi un regard rêveur.

Il se rapprocha et s'accroupit près d'elle.

— Maintenant croise les jambes et fais la moue.

Il se rapprocha encore.

Tina l'observait du coin de l'œil. Il était vraiment dans son élément.

Elle espérait être à la hauteur.

— Mets un doigt sur les lèvres, ordonna-t-il, comme si tu essayais de te rappeler quelque chose.

Il prit une bonne dizaine de clichés.

— Prends un air furieux, dit-il, en appuyant sur le mot « furieux ».

Facile ! Tina imagina tout ce qu'elle allait faire subir à Carla si elle ne ramenait pas les garçons.

— Montre-moi que tu es amoureuse, demanda ensuite le jeune homme.

Il donnait ses ordres, l'œil collé à l'objectif.

Tina pensa à Josh, à son sourire ravageur, à ses magnifiques cheveux bouclés et... à ses blagues stupides qui la faisaient mourir de rire.

La voix rageuse de Chris la fit sursauter.

— Tu m'as entendu ? siffla-t-il. J'ai dit de l'amour. Donne m'en plus... du sentiment. Plus !

— J'essaie, murmura-t-elle, nerveuse.

Dieu qu'elle se sentait mal ! Des gouttes de sueur commençaient à perler sur son front, une mèche de cheveux l'aveugla et elle avait envie de se gratter le dos. Mais pas question de bouger d'un millimètre.

Chris poussa un soupir et abaissa l'appareil.

— C'est mauvais ! lâcha-t-il. Tu commences à transpirer.

Il se précipita dans la salle de bains et en revint

avec un Kleenex et de la poudre. Au passage, il attrapa deux bouteilles de Coca.

— Tiens, dit-il en s'installant près de Tina.

Elle but une gorgée puis tendit la main vers le poudrier mais le jeune homme fut plus rapide.

— Je m'en occupe!

Ses mains s'attardèrent un peu trop longtemps sur le visage de Tina et ses pupilles se dilatèrent de façon étrange tandis qu'il se penchait sur elle.

Tina en eut la chair de poule. Elle tourna la tête. « Pourvu qu'il n'essaie pas de m'embrasser, se dit-elle, effrayée. Je dois maintenir la conversation sur un terrain neutre. »

— Si je veux devenir mannequin, remarqua-t-elle, il va falloir que je m'habitue à rester sous les projecteurs.

— Ce sera facile, répliqua-t-il. Tu es le meilleur modèle avec lequel j'ai travaillé depuis longtemps.

Tina se mit debout et lissa sa jupe nerveusement.

— Chris... j'adore cette tenue. Si tu n'en as pas besoin pour un autre mannequin, j'aimerais te l'acheter.

Chris resta silencieux.

— Si tu préfères, dis-moi où tu l'as achetée et j'irai voir s'ils en ont une autre, suggéra-t-elle.

Une expression bizarre apparut sur son visage. Sa respiration s'accéléra. Son regard se fit lointain.

Le cœur de Tina se mit à tambouriner dans sa poitrine.

Le silence s'éternisa.

Puis, enfin, Chris sembla revenir à la vie.

— C'était celle de Judy, répondit-il d'une voix sans timbre.

Un frisson la parcourut.

Horrifiée, elle réalisa qu'elle portait les vêtements d'une morte. Elle fit un pas en arrière mais Chris lui agrippa la main.

— Où vas-tu ? demanda-t-il sèchement. On n'a pas fini.

— Je... je voulais me changer. Mettre une des robes, par exemple.

— *Tout* est à Judy.

Tina était abasourdie.

Pourquoi avait-il gardé toutes ses affaires ? Tous les mannequins n'ont pourtant pas la même taille !

— Retourne sur le divan, ordonna-t-il.

La jeune fille sentit sa peau la démanger. Elle portait les habits d'une morte. Était-elle sortie danser avec ? Avait-elle été au cinéma ? Avec Chris ? Avec d'autres ?

— Assieds-toi et croise les jambes, dit-il d'une voix froide.

Tina obtempéra.

— Non. De l'autre côté.

Elle n'arrivait plus à prendre la pose, ni à se concentrer. Elle devait quitter ces vêtements au plus vite.

— Je sais ce qui ne va pas, lança Chris subitement.

Il se précipita vers la salle de bains et revint avec la perruque.

— Mets-la.

Tina rassembla ses cheveux sur le sommet de sa tête et enfila la perruque. Maintenant, c'était son crâne qui la grattait. Les boucles auburn lui caressaient les épaules.

— C'est beaucoup mieux, murmura-t-il.

Il regarda dans le viseur sans appuyer sur le déclencheur. Il la dévisageait, tout simplement.

L'inquiétude gagna Tina. Il se passait quelque chose. Pourquoi ne mitraillait-il plus ?

Chris s'approcha encore et s'assit sur le sol, à ses pieds.

— Pourquoi tu t'es teint les cheveux en blond ? demanda-t-il rudement.

Hein ? De quoi parlait-il ?

La jeune fille jouait nerveusement avec les boucles de la perruque, évitant son regard. Si elle ne lui répondait pas, il allait peut-être la laisser tranquille.

— Judy ! s'écria Chris. Regarde-moi quand je te parle.

Judy ?

Il l'avait appelée Judy !

Consternée, paralysée par l'émotion, Tina cherchait ses mots sans les trouver.

— Qu'est-ce que tu as aujourd'hui ? demanda-t-il, en la rejoignant sur le divan.

Tina dut faire un effort pour se ressaisir. Elle se cala les mains sous les cuisses. Surtout ne pas le toucher.

Mais Chris ne l'entendait pas ainsi. Il l'attira contre lui et la serra dans ses bras.

La jeune fille se raidit, tenta de le repousser.

— Qu'est-ce qu'il y a ? gronda-t-il. C'est toi qui as voulu que je prenne ces photos. Je n'ai pas droit à quelque chose en échange ?

— Chris, supplia-t-elle. Je t'en prie...
— Pourquoi pas un baiser, Judy ? Juste un ? Je suis tellement heureux que tu sois de retour.

14

Horrifiée, Tina se rendit compte que Chris déraillait à nouveau. Elle devait sortir de là au plus vite.

Repoussant Chris, elle se leva d'un bond, mais il l'attrapa par le bras.

La jeune fille se força au calme. Les pensées se bousculaient dans sa tête.

« Il croit que je suis Judy. Comme il adore Judy, il ne lui ferait certainement pas de mal. Donc il ne m'en fera pas. C'est elle qu'il veut embrasser, pas moi. C'est à elle qu'il pense. »

Elle prit une profonde inspiration.

— Chris ? C'est moi, Tina. Tu te rappelles ? La petite amie de Josh.

Il la fixait sans rien dire.

— Rappelle-toi ! supplia-t-elle. Je suis arrivée hier soir avec ma cousine Holly, mais comme Josh n'était pas encore rentré de son *safari-minéral*, tu es venu nous chercher à la gare. Tu te souviens ? Et Carla est partie les récupérer cet après-midi ?

« *Rappelle-toi... Je t'en prie*. »

Chris balaya la pièce du regard. Lorsque ses yeux revinrent se poser sur elle, son expression avait changé.

— Tu lui ressembles... tellement! articula-t-il, la voix rauque.

— Tu n'aurais pas dû me faire porter cette perruque, ni ses affaires.

— Tu as raison, murmura-t-il.

— Chris, je sais que ce qui est arrivé est vraiment terrible. Je veux dire... perdre Judy de cette façon. Mais crois-moi... un jour tu rencontreras quelqu'un d'autre, ta blessure guérira et tu connaîtras de nouveau l'amour.

Il fronça les sourcils.

— Peut-être.

Tina se redressa.

— Bon, dit-elle d'un ton léger. C'est assez pour aujourd'hui. Je suis fatiguée. Je n'avais pas réalisé à quel point c'était stressant de poser. Je vais me changer et nous retournerons au campus.

Elle se dirigea vers la salle de bains.

Mais la poigne ferme de Chris la stoppa dans son élan.

— Tu es déjà une vraie pro, assura-t-il. Mon oncle va être impressionné par ces photos.

Tina regarda la main sur son bras.

— Merci, dit-elle.

Pour l'instant, elle se fichait pas mal que Rob Roberts aime ses photos ou non. Ce qu'elle voulait, c'était partir d'ici au plus vite.

— Encore quelques-unes, insista le jeune homme, la serrant de plus près.

— Non... je suis trop fatiguée. La chaleur des spots me donne mal à la tête. J'en ai assez.

Tina entrevit un éclair dans ses yeux; l'étau se resserra autour de son bras. Chris avait à nouveau cette expression étrange et dangereuse.

Paniquée, elle décida de jouer le jeu le temps de trouver un moyen de s'échapper. Surtout ne pas le mettre en colère.

— Bon, d'accord, concéda-t-elle. Mais laisse-moi passer mes propres vêtements. Je ne me sens pas bien dans ceux-là, tu comprends ?

— Attends ! J'ai une idée.

Il l'entraîna vivement vers la salle de bains.

L'estomac noué, Tina se demandait ce qu'il allait encore inventer. Mais Chris sortit une robe longue, très ancienne, en lourd brocart bleu.

— Elle date de 1890, expliqua-t-il. Elle était à ma grand-mère.

Tina laissa échapper un cri d'admiration.

— Quelle merveille !

Au moins, cette robe *n'appartenait-elle pas* à Judy.

— Et voici le bonnet qui va avec, ajouta Chris. Mets-le aussi. (Il la dévisagea un instant.) Et change de rouge à lèvres, il faut un rouge plus sombre. D'accord ?

Tina hocha la tête.

— Oh ! encore une chose. Merci de me laisser prendre toutes ces photos. Ce sera génial pour mon book.

Souriant, comme si de rien n'était, il lui envoya un baiser du bout des doigts.

Tina se força à répondre à son sourire. La situation était encore plus effrayante qu'elle ne se l'était imaginé. D'une seconde à l'autre, il passait du Chris adorable au Chris délirant. Auquel des deux aurait-elle droit en sortant ?

Dès qu'il eut refermé la porte derrière lui, elle se changea à la hâte, enfilant ses propres vêtements sous la vieille robe qui descendait en corolle jusqu'à ses pieds. Elle se sentait un peu engoncée dans cette tenue, mais elle ne songeait plus qu'à se sauver et le fait d'avoir déjà ses propres affaires sur elle la rassurait.

Ses doigts s'activèrent maladroitement sur les minuscules boutons de la robe. Elle se sentait tendue à l'extrême, la gorge contractée, les jambes en coton.

Elle s'exhorta au calme et respira lentement, profondément, à plusieurs reprises.

Elle chercha ensuite un rouge à lèvres plus sombre, examinant les tubes les uns après les autres. Aucun ne convenait. Elle ouvrit l'un des tiroirs de la coiffeuse.

Deux tubes roulèrent vers elle.

Alors qu'elle saisissait le premier, ses doigts rencontrèrent un carré de papier glacé. Curieuse, elle le tira... c'était une photo.

Fébrile, Tina la retourna.

Ses cheveux se dressèrent sur sa tête.

15

Tina tremblait de tout son corps.

C'était une photo d'elle, endormie dans le lit de Josh ; ici même sur le campus !

Une photo qui avait été prise la nuit précédente !

Tina se plaqua une main sur la bouche pour ne pas hurler. Elle devait garder son sang-froid.

Mais comment, alors qu'elle venait de découvrir que l'inconnu qui lui avait rendu visite la nuit dernière dans sa chambre n'était autre que Chris ?

Ce garçon était *vraiment* dingue ! Et... peut-être même dangereux. Croyait-il pouvoir ramener Judy à la vie ? la prenait-il pour Judy ?

Tina glissa la photo dans sa poche et étudia les différentes possibilités qui s'offraient à elle. Une seule s'imposait : partir de toute urgence.

Elle entrouvrit la porte et jeta un coup d'œil dans la grande pièce. Sa gorge se serra : Chris étalait du sable sur le sol, il avait dressé un faux palmier près d'une serviette de bain.

— Qu'est-ce que tu fais ? s'écria-t-il, alors. Dépêche-toi ! Le temps passe.

Il était contrarié. Tina devait se montrer prudente.

— Une minute, j'enfile mes boots.

— Non, hurla-t-il. Viens pieds nus. Tu es censée être à la plage !

Elle prit une profonde inspiration et s'avança vers lui. Chris lui montra fièrement la scène de plage qu'il venait de créer.

Consternant ! Si son amie avait trouvé la mort

dans l'océan, ce n'était pas très astucieux de la faire poser là ; il allait encore croire qu'elle était Judy.

Tina réfléchissait à toute vitesse. Elle devait absolument détourner son attention.

— Allonge-toi là, lança-t-il, les dents serrées, et laisse couler le sable entre tes doigts. Ça va faire une super photo.

— Attends ! J'ai du mal à bouger avec cette robe. Laisse-moi m'y habituer un peu.

Rester debout ! Il le fallait à tout prix. Elle devait gagner du temps, l'empêcher de prendre ces photos et trouver un moyen de lui échapper. Mais comment ?

Brusquement, elle se souvint que lorsqu'il était allé chercher la poudre, il lui avait apporté un soda. Il n'y avait pas de réfrigérateur dans la salle de bains, les boissons devaient donc logiquement se trouver dans la chambre noire. Si elle parvenait à l'y faire entrer de nouveau, elle pourrait s'enfuir.

Tina se racla la gorge.

— Tu n'aurais pas quelque chose à boire ? demanda-t-elle. Il fait terriblement chaud sous ces spots.

— Bien sûr ! Tout ce que voudra mon top model préféré.

La jeune fille songea amèrement qu'elle avait dû être son seul et unique mannequin. Et qu'elle serait aussi le dernier.

Mais Chris ne se rendit pas à la chambre noire. Il s'arrêta avant.

Le cœur battant, Tina le vit tendre la main vers

une petite glacière posée sur l'étagère, à côté des objectifs, et en sortir... du liquide de développement.

— Le frigo est trop petit pour certaines choses, expliqua-t-il.

Ouf! Les boissons n'étaient pas là.

Chris ouvrit la porte de la chambre noire. Elle regarda sa silhouette disparaître à l'intérieur.

Maintenant!

Attrapant sa longue robe à pleines mains — ce n'était pas le moment de trébucher — elle se précipita vers la porte.

Fermée!

Bon sang! Pourquoi avait-il mis autant de verrous?

Elle fit tourner le premier vers la gauche. Non.

« Vers la droite, alors? Vite!

Ça *doit* marcher!

Bon sang, ouvre-toi! »

Le verrou glissa. Enfin!

Les mains tremblantes, le cœur battant à tout rompre, Tina saisit la poignée, mais la porte ne bougea pas d'un pouce.

La voix de Chris la fit sursauter.

— J'arrive! cria-t-il. Je vérifie juste un truc.

Un des verrous était toujours bloqué.

Mais lequel? Lequel? Frénétiquement, elle en tourna un, puis un autre.

Finalement, la porte s'ouvrit.

Tina se rua dans le couloir obscur, et comprit aussitôt qu'elle n'irait pas loin avec cette robe encombrante. Tout en courant, elle entreprit de la déboutonner.

Une violente douleur lui déchira soudain le pied. Elle venait de marcher sur des tessons de bouteille. Du sang coula sur la moquette sale. Malgré la souffrance elle n'avait qu'une seule idée en tête : continuer, coûte que coûte.

Le souffle court, elle clopina jusqu'à la porte extérieure. Plus que quelques mètres...

Ses mains agrippèrent la poignée.

Fermée ! La porte extérieure était également fermée !

Les clefs. Où étaient-elles ?

L'horrible réalité s'imposa. Les clefs étaient restées dans le studio. Il fallait y retourner !

Elle se donna un quart de seconde pour réfléchir.

Si Chris était toujours dans la chambre noire, elle ferait comme si de rien n'était ; sinon, elle allait devoir improviser.

Elle fit demi-tour. Et se retrouva face à face avec lui.

Le visage du jeune homme était tordu par la rage.

— Où comptais-tu aller, Judy ? gronda-t-il.

— Chris... je... je... bégaya Tina. Vraiment Chris, je dois partir. Je me rends compte que... je ne... suis pas faite... pour être mannequin. Ce n'est pas... ta faute. Les spots... je... je n'aime pas cela. Je t'en prie, laisse-moi partir !

Chris approcha son visage près du sien, si près qu'elle pouvait voir le blanc de ses yeux injecté de sang.

— Rentre tout de suite ! grinça-t-il. Ne m'oblige pas à te tuer une seconde fois, Judy !

16

Tina recula, épouvantée.

« Me tuer ? »

La mort de Judy n'avait-elle pas été un accident ?

Une sueur froide se mit à lui couler le long du dos.

— Fiche-moi la paix ! hurla-t-elle.

Mais Chris bondit, lui attrapa un bras et le lui tordit en arrière.

Elle le regarda droit dans les yeux. Jamais elle n'avait vu un regard si plein de haine.

Chris la traîna à travers le couloir, jusque dans le studio.

— Je t'en prie... implora-t-elle.

Avec effroi, elle réalisa que personne ne savait où elle se trouvait. Personne !

Chris la poussa violemment à l'intérieur. Elle tomba, heurtant le cactus. Ses épines s'enfoncèrent à travers sa robe.

Le jeune homme respirait bruyamment.

— Je t'ai fait mal ? demanda-t-il, soudain anxieux.

Tina se mordit la lèvre sans répondre.

— Comme tu es belle ! Ne bouge surtout pas, je vais faire une prise.

Il mit les doigts en cercle et les leva vers ses yeux pour la regarder à travers cet objectif factice. Il fit même semblant de faire la mise au point.

— On forme un couple exceptionnel tous les deux, tu sais. Pourquoi veux-tu tout casser ? Pourquoi ? Réponds-moi, Judy !

Sans crier gare, il bondit sur elle, lui ramena les mains derrière le dos et la saisit par le cou.

Tina avait du mal à respirer. Elle se débattait comme une furie, lui donnant des coups de pied dans les tibias, puis un coup de tête dans les dents.

— Pas cette fois, Judy, murmura-t-il, d'une voix rauque. Pas cette fois.

Puis il éclata de rire; d'un rire de dément.

— Lâche-moi! cria-t-elle. Je ne suis pas Judy!

A cet instant précis, Tina comprit qu'il ne l'entendait plus.

Il lui serra le cou plus fort. Elle lui mordit le bras jusqu'au sang, le forçant à relâcher un peu sa pression.

Il poussa un cri étouffé.

Dans un effort désespéré, elle se libéra de son étreinte. Chris bondit et la plaqua au sol. Sa mâchoire vint heurter le plancher et la douleur irradia dans tout son corps.

Elle s'éloigna en rampant. Il la rattrapa par les chevilles et la traîna sur la moquette.

Tina s'y agrippa, mais en vain. Impossible de lui faire lâcher prise.

— Chris, je t'en prie! supplia-t-elle, au bord des larmes. Lâche-moi. Pourquoi fais-tu ça?

— C'est fini, Judy. Maintenant, c'est moi qui commande, tu as compris? gronda-t-il.

— Mais je ne suis pas Judy! Je suis Tina. *Tina!* sanglota-t-elle.

— Cette fois, c'est moi qui mène la danse.

Le jeune homme la poussa dans la chambre noire et verrouilla la porte.

— Amuse-toi bien ! cria-t-il.

Elle entendit la clé tourner dans la serrure puis le silence se fit.

Au bout d'un certain temps, Tina parvint à recouvrer ses esprits. Le seul moyen de combattre un fou, c'était de garder son calme. Et, tout d'abord, enlever cette robe.

Les mains tremblantes, elle se débattit avec les vieux boutons. Elle avait mal partout et son pied blessé la faisait horriblement souffrir.

L'air était chargé d'acide, des produits chimiques, sans doute. Un goût amer lui vint à la bouche.

Lentement, ses yeux s'habituèrent à la pénombre. Les objets prenaient forme : un agrandisseur, un cutter, un évier, sur une longue table, les différents bains — révélateur, fixateur, etc. — et au-dessus de sa tête, des négatifs qui séchaient.

Tina trouva des serviettes en papier et du scotch et se confectionna un bandage de fortune. Ses yeux parcoururent l'espace, à la recherche de quelque instrument pour se défendre. N'importe quoi de lourd ou de pointu ferait l'affaire. Lorsque Chris reviendrait, elle l'attendrait de pied ferme. Mais reviendrait-il seulement ? Peut-être que ce serait Josh qui allait arriver ?

Cette pensée lui redonna de l'espoir.

Voilà. Elle allait rester ici, en sécurité, jusqu'à ce que Josh vienne la chercher. Il ne devrait plus tarder, maintenant.

Un fracas de verre brisé la fit sursauter. Elle entendit Chris s'affairer de l'autre côté.

— Pas cette fois, Judy, marmonnait-il. Cette fois, c'est moi qui commande.

D'un seul coup, Tina eut l'impression que la pièce basculait, que les murs commençaient à se refermer sur elle.

En sécurité, ici ? Elle était folle de croire une chose pareille. Chris pouvait rentrer à tout moment. Il lui fallait absolument une arme.

Ayant repéré l'interrupteur près de la porte, elle s'en approcha en clopinant et le poussa.

Mais lorsque la lumière rouge inonda la pièce, une folle terreur la saisit.

— Oh ! non ! gémit-elle. Non ! Pas ça !

17

Prise de vertige, elle contemplait le spectacle.

Chaque centimètre carré de mur était couvert de photos... d'elle. Et, surtout, d'agrandissements de ses yeux et de sa bouche.

Tina réalisa que Chris s'était servi des photos qu'elle avait envoyées à Josh, les avait agrandies, puis découpées. Sa vie, ses souvenirs, tout était là, fragmenté et épinglé sur les murs du labo d'un cinglé. Rien ne manquait.

La photo où elle était assise sous le porche enneigé. Une autre, sur Buttercup, la jument de son oncle, en Georgie. Un cliché que Josh avait pris lui-même, où elle posait en bikini, espiègle, lors d'un pique-nique au lac de Fear. Et même la photo souvenir de leur remise de diplôme !

Tina s'en saisit et la retourna. Les quelques mots qu'elle y avait inscrits : « A Josh, mon amour », y étaient encore, mais Chris avait effacé le nom de Josh et mis le sien à la place.

Le désespoir l'envahit.

« *Je t'en supplie, Josh,* pensa-t-elle. *Viens vite me chercher.* »

La jeune fille tremblait si fort qu'elle dut s'appuyer au mur.

Ce fut alors qu'elle découvrit une photo encore plus incroyable, plus sordide : prise à la gare, la veille, elle montrait son visage effrayé, face à l'inconnu qui voulait la voler.

Fou à lier ! Voilà ce que Chris était ! Il avait pris cette photo *avant* de venir la tirer d'affaire !

« Et maintenant ? se demanda-t-elle. Que fait-il ? Est-il en train de me regarder par un trou percé dans le mur ? Ou d'en prendre d'autres ? »

Le jeune homme était complètement obsédé par elle... tout comme il avait dû l'être par Judy... et pourtant, il l'avait tuée.

Elle frissonna au souvenir des mains de Chris sur son visage. Des mains de meurtrier... Et elle l'avait embrassé !

Si seulement elle pouvait disparaître, retourner dans l'une de ces photos, quand tout allait bien.

— Josh ! Où es-tu ? murmura-t-elle. Dépêche-toi, je t'en supplie !

Sa gorge était sèche, les larmes se mirent à rouler sur ses joues. Elle n'en pouvait plus d'attendre...

d'attendre quoi, au fait ? D'être assassinée ? Elle devait se reprendre, agir. Ouvrir la porte et s'enfuir. C'était aussi simple que cela.

Lentement, Tina se leva, cherchant du regard un objet pointu qu'elle pourrait glisser dans la serrure.

Ses yeux se posèrent sur une armoire métallique.

Rassemblant ce qui lui restait de courage, elle s'en approcha et l'ouvrit.

La première chose qu'elle perçut fut l'odeur... une odeur de putréfaction qui la saisit à la gorge.

Puis elle vit les yeux morts qui la fixaient, et elle comprit que plus jamais rien ne serait comme avant...

Un râle s'échappa de ses lèvres desséchées.

— Mon Dieu ! Nooooon !

Retenant un haut-le-cœur, elle se força à regarder le visage qui lui faisait face... ou du moins, ce qui en restait.

Et ces vêtements !

Elle reconnut le T-shirt noir avec un motif représentant des montagnes. C'est elle qui l'avait offert à Josh, le jour où il avait été accepté à Patterson.

Ses pensées s'affolèrent.

Non. Ce n'était pas lui. Ça ne pouvait pas être lui. Mon Dieu, non ! Pas lui.

Lorsque le corps de Josh tomba sur le sol, Tina se mit à hurler.

18

Tina recula, frappée d'horreur. Elle s'obligea à retourner le corps pour regarder le visage de plus près.

Josh... son beau visage.

La peau manquait sur la majeure partie de la face, découvrant les os du nez et des joues. On voyait encore les petites veines de son front. Ses cheveux magnifiques avaient été brûlés par endroits.

Des produits chimiques ? Chris avait utilisé des produits chimiques pour tuer Josh.

Puis elle remarqua une ecchymose sur la tempe gauche et de profondes entailles. Il avait d'abord dû être surpris par le produit lancé sur lui, puis Chris lui avait certainement assené un violent coup sur la tête.

Un frisson glacé la parcourut. Elle toucha une main, froide et raidie par la mort.

« Quelles ont pu être les dernières pensées de Josh ? se demanda-t-elle. Étaient-elles pour moi ? »

Le chagrin la submergea.

— Je t'aime, sanglota-t-elle. Je t'aime tant.

A cet instant, la porte s'ouvrit violemment sur Chris.

— Judy ! s'écria-t-il.

Lorsqu'il vit la jeune fille agenouillée près du corps de Josh, ses yeux s'écarquillèrent de surprise.

Puis il s'approcha doucement, en souriant, la releva et lui prit le visage entre les mains.

— Judy, répéta-t-il. Viens.

Tina sanglotait.

Se rendait-il compte de ce qu'il avait fait ? S'en souvenait-il seulement ?

C'était un assassin. Elle ne voulait pas qu'il la touche.

— Rien ne pourra plus jamais nous séparer, murmura-t-il, le regard fixe.

Tina frissonna. Il était complètement cinglé.

— Je suis presque prêt, continua-t-il. On va pouvoir partir.

— Partir ? répéta-t-elle. Mais où ? Où m'emmènes-tu ?

— Ne fais pas l'idiote, Judy, lança-t-il sèchement. Tu sais combien je déteste ça.

Tina n'était pas de taille à lutter contre lui. Elle devait plutôt essayer de le raisonner. Ça avait marché, la dernière fois.

Chris lui prit la main et la balança doucement.

— Tout ira bien, Judy. Tu verras.

Son attitude frappa la jeune fille.

On aurait dit un amoureux transi qui rencontrait sa promise au coin d'une rue. Il était loin de la chambre noire et du meurtre qu'il y avait commis.

— Chris, commença-t-elle en essayant de ne pas éclater en sanglots.

— Oui ?

Il accentua la pression sur sa main.

— Tu ne peux pas t'en sortir avec ça. (Elle lui montra le corps de Josh.) Des gens vont commencer à me chercher... et à chercher Josh. On doit se demander où je suis passée.

— Personne ne viendra te chercher, Judy. On ne recherche pas quelqu'un qui est déjà mort.

Il lui lâcha la main et se plongea dans la contemplation des photos sur les murs.

— Ils vont te mettre en prison, Chris. Tu as envie de passer le restant de tes jours derrière les barreaux ?

— C'est avec toi que je vais passer le restant de mes jours, Judy, déclara-t-il tendrement.

Ses yeux revinrent se poser sur elle, la détaillant de la tête aux pieds. Il sourit, satisfait.

Tina était épuisée. Comment avait-elle pu ne pas s'apercevoir qu'il était obsédé par elle. Il était trop tard pour se plaindre. Si elle voulait rester en vie, il fallait qu'elle garde son calme.

— Si tu me laisses partir, mentit-elle, je ne dirai rien à personne. Promis.

Elle recula imperceptiblement.

— Où vas-tu ? demanda Chris aussitôt.

— Nulle part.

Il la fixa avec dureté.

— C'est bien, Judy. Je suis content que tu reconnaisses enfin que c'est moi le maître.

Il s'approcha d'elle.

Tina recula.

— Bien sûr, Chris. Bien sûr.

Son dos heurta la table chargée de bacs de produits de développement. Ce fut alors que l'idée germa en elle. Elle allait lui faire payer la mort atroce qu'il avait infligée à Josh.

Elle glissa une main derrière elle.

Immobile, Chris la regardait en souriant.

En une fraction de seconde, elle saisit le bac plein d'acide et le lui lança au visage.

19

Éclaboussé de la tête aux pieds, Chris lâcha un cri de surprise.

Il se frotta vivement les yeux... puis abaissa les mains. Son visage ne reflétait pas la douleur, mais une colère sourde.

Il ricana sauvagement.

— Tu as pris le mauvais bac, Judy. Ce n'était que de l'eau.

De l'eau ?

Tina sentit le sol se dérober sous ses pieds.

Il pointa un doigt accusateur sur elle.

— Tu ne t'es jamais intéressée à ce que je faisais, n'est-ce pas ?

Furieux, il se précipita vers les deux autres bacs ; l'eau dégoulinait de ses joues.

Tina sentit la panique la submerger. Qu'allait-il faire ?

Mais Chris se plongea dans la contemplation des photos sur le mur.

— Un si joli visage ! murmura-t-il.

D'un geste rageur, il renversa la table, envoyant valser les bacs et leur contenu. L'acide jaillit autour de Tina qui fit un bond en arrière. Mais seule une goutte lui tomba sur le bras. Immédiatement, un petit cercle de peau se fripa avant de peler.

Cela lui donna une idée de l'ampleur de ce que Josh avait dû endurer.

Un sanglot horrifié s'échappa de sa gorge.

— Tu croyais que j'allais te le jeter à la figure ?

ricana Chris. Mais pour rien au monde je ne voudrais abîmer un si joli minois ! J'ai d'autres plans pour nous, Judy. On va être riches, tous les deux.

Les pensées de Tina se bousculaient dans sa tête. Il fallait qu'elle trouve un moyen de sortir d'ici avant qu'il ne la tue. Elle inspecta de nouveau la pièce, à la recherche d'un quelconque objet, lourd de préférence, avec lequel elle pourrait le frapper.

Ce faisant, elle continuait de parler.

— Tu es déjà riche, Chris. Tu as tout ce que tu veux.

— Tout ?

Il se jeta sur elle.

— Oui, *maintenant*, j'ai tout. C'est toi que j'ai toujours voulue, Judy. C'est incroyable que tu ne l'aies pas deviné ! (Une ombre passa sur son visage.) Mais c'est du passé, tout ça. Viens.

Chris l'empoigna et la tira hors de la pièce.

Tina aperçut alors un trépied de métal posé près de l'agrandisseur.

« Parfait, songea-t-elle. Il faut que ça marche. »

Elle se retourna pour jeter un dernier regard au cadavre allongé sur le sol, et laissa échapper un cri de terreur.

— Chris ! hurla-t-elle. Josh a bougé. Il est vivant !

20

Chris fit brutalement volte-face.

— Quoi ?

Vive comme l'éclair, Tina saisit le trépied et le frappa au visage. Un affreux craquement se fit entendre. Du sang jaillit de son nez, ses yeux s'écarquillèrent de surprise.

Il leva les mains pour se protéger ; elle frappa une nouvelle fois.

— Je te hais ! cria-t-elle, en brandissant son arme improvisée. Tu as tué Josh !

Chris se retourna pour fuir mais ne put esquiver le coup suivant. Cette fois le trépied l'atteignit derrière la tête. Il s'effondra, inconscient.

Il était tombé près de Josh.

Prise de tremblements, Tina lâcha son arme. Elle était couverte de sueur.

L'avait-elle tué ? La vision des deux corps immobiles lui donna la nausée. Elle alla vomir dans l'évier. Elle n'en pouvait plus.

Titubante, elle sortit de la pièce et s'approcha du téléphone. Il fallait appeler la police, elle avait besoin d'aide.

Ses pensées étaient confuses. D'abord, arrêter la musique. Elle n'arrivait pas à se concentrer.

Clopinant sur son pied blessé, elle s'approcha de la chaîne hi-fi et coupa le son.

Le silence se fit dans la pièce.

Enfin, presque...

C'est alors que Tina entendit un léger bruit derrière elle.

Elle pivota, terrifiée.

— Chris ?

Non. Il n'y avait personne.

Ses yeux se posèrent alors sur la porte que Chris lui avait interdit d'ouvrir.

Que pouvait-il bien y avoir derrière ?

Doucement, elle s'en approcha et posa l'oreille contre le battant.

Que faire ? Elle était à la fois morte de peur et dévorée de curiosité. Si Chris la lui avait interdite, raison de plus pour l'ouvrir.

Tina posa la main sur la poignée, la tourna et tira brutalement le battant.

Son cœur chavira.

21

— Holly !

Sa cousine était allongée sur le sol.

Morte ? Non.

Elle avait les jambes et les bras attachés, le visage enfoui sous ses boucles brunes, mais elle gémissait.

Les yeux clos, Holly souleva légèrement la tête.

Elle était vivante !

Soulagée, Tina s'agenouilla près d'elle.

— Holly ?... Holly ? Ça va ? Holly, je t'en prie, réponds-moi.

Des torrents de larmes lui coulaient le long des joues, mais Tina n'en avait cure ; elle serra sa cousine contre son cœur.

— Je t'ai enfin retrouvée !

La jeune fille cligna plusieurs fois des yeux, secoua la tête, puis laissa filtrer un regard entre ses paupières.

— Tina... ? C'est vraiment toi... ? Combien de temps je suis restée dans ce placard ?

— Je... je ne sais pas, bégaya Tina.

Alors, les nerfs de Holly lâchèrent. Elle se mit à sangloter.

— J'ai eu tellement peur, hoqueta-t-elle. Chris n'arrêtait pas de crier que j'avais fichu tous ses plans en l'air, qu'il te voulait pour lui seul. Il m'a attachée et m'a laissée là, dans le noir. Je ne sais pas combien de temps je suis restée, mais j'avais peur qu'il revienne et... et... j'avais peur qu'il ne revienne jamais aussi, qu'il me laisse mourir ici ; et... je ne savais pas ce qu'il avait l'intention de faire avec toi.

Tina s'attaqua aux liens qui entravaient sa cousine. Les fines cordelettes étaient très serrées.

— Dépêche-toi, je t'en prie, supplia Holly. Le sang ne circule plus. J'ai mal partout... je veux sortir d'ici... j'ai tellement peur.

Ainsi Holly était là, à quelques mètres et, pendant ce temps-là, Tina posait pour Chris !

— Josh est mort ! annonça Tina tout à trac.

Holly poussa un cri.

— Non ! Tina, ce n'est pas vrai ! C'est un cauchemar !

— Je... je crois que j'ai tué Chris, poursuivit Tina ; je l'ai frappé à la tête...

Holly se secoua, étourdie. Elle avait du mal à suivre le récit de Tina.

— Tu as frappé Chris ? Avec quoi ?

— Avec un trépied, et j'ai entendu son crâne craquer. Je...

— Il est mort ? balbutia Holly.

— Je crois. Je n'en suis pas sûre, mais je le crois.

Le dernier morceau de corde lâcha enfin. Holly se massa les chevilles en gémissant.

— Je ne sais pas si je vais pouvoir marcher. Je suis restée si longtemps sans bouger ! En fait, depuis la fameuse soirée.

— Comment tu es arrivée là ? lui demanda Tina sur un ton fébrile.

— Chris m'a présentée à un type très sympa. On est allés faire une balade en moto, puis on a rejoint une autre fête. Je suis rentrée hyper tard.

— Tu es rentrée ? s'écria Tina.

— Bien sûr ! Vers les quatre heures du matin. Mais quand je suis arrivée à la chambre, Chris m'a sauté dessus ; il devait me guetter. Il m'a assommée et je me suis réveillée dans ce cagibi.

Holly se frotta la tête. Tina aperçut une énorme bosse et du sang séché dans ses cheveux.

— Je... j'ai eu tellement peur, bégaya sa cousine.

— Chris est dingue, murmura Tina. Il croit que je suis Judy, son ex-petite amie.

Holly se mit debout et tenta maladroitement de marcher.

— J'ai compris qu'il n'était pas net dès le premier

instant, à la gare, renchérit-elle. Allez viens, on est presque tirées d'affaire.

Tirées d'affaire? Elles ne le seraient que lorsqu'elles auraient quitté ce studio cauchemardesque.

Se tenant par la main, elles s'extirpèrent du cagibi.

En traversant le studio, Tina ne put s'empêcher de jeter un coup d'œil sur le décor artificiel que Chris avait préparé une demi-heure plus tôt. Il voulait qu'elle simule la joie d'être sur la plage!

Tina frissonna. Faire semblant! C'était ça la vie de Chris. Faire semblant que tout allait bien, que Judy était vivante.

Soutenant sa cousine, elle l'entraîna vers la porte.

Soudain, elles entendirent un bruit feutré, une sorte de glissement.

— Qu'est-ce... qu'est-ce que c'est? bégaya Holly. Il y a quelqu'un ici?

Terrorisée, Tina se retourna.

Chris!

Chris était vivant! Elles le virent émerger de la chambre noire en titubant. Un filet de sang coulait sur son visage. Il brandissait de longs ciseaux pointus avec lesquels il se mit à cisailler l'air.

Swiip, swiip, swiip.

— Adieu, Judy, s'écria-t-il.

Le sang dégoulinait sur sa bouche et sur son menton.

Il avançait avec une surprenante rapidité.

En reculant, Tina se prit les pieds dans les câbles des spots, elle trébucha et alla heurter le mur.

Chris était tout proche maintenant. Il levait déjà

les lames au-dessus d'elle, menaçant, lorsque la porte s'ouvrit brutalement.

Carla, accompagnée d'un athlète blond, entra en trombe.

— Au secours ! hurla Tina. Carla... ? Dieu merci, Carla. Te voilà !

Chris abaissa lentement les ciseaux. Il se tourna vers Carla, et poussa un soupir de soulagement.

— Pourquoi tu es tellement en retard ? lui demanda-t-il. Elles ont presque réussi à s'échapper.

22

Tina n'en croyait pas ses oreilles.

— Carla... ? s'étrangla-t-elle. Carla... tu n'es pas du côté de Chris, n'est-ce pas ?

— Pourquoi tu es en retard ? répéta ce dernier d'une voix dure.

D'un revers de la main, il essuya le sang qui lui couvrait le menton puis se frotta le crâne à l'endroit où Tina avait frappé.

— Carla... ? insista Tina.

Mais celle-ci n'avait d'yeux que pour Chris. Elle passa devant les deux jeunes filles terrorisées sans leur adresser la parole.

— Chris... tu es blessé ? s'enquit-elle. Tout ce sang sur ton visage... ?

— Qu'est-ce qui s'est passé ? intervint le jeune

homme blond. Qu'est-ce qui t'est arrivé, Chris ? On devrait peut-être appeler un médecin ?

— Je vais bien, Steve, répliqua Chris d'un ton morne. (Il fit un geste avec les ciseaux.) Juste quelques petits problèmes, mais tout va rentrer dans l'ordre maintenant que Carla et toi vous êtes là. Pourquoi avez-vous mis si longtemps ?

Tina se sentit blessée, trahie. Elle vibrait de colère.

— Carla... comment oses-tu l'aider ? Comment peux-tu être... comme lui ?

Steve et Carla ignorèrent sa remarque, agissant comme si Tina et sa cousine n'existaient pas.

Le jeune homme s'approcha de Chris pour examiner sa blessure ; il tendit la main vers lui.

— Laisse-moi voir ça, dit-il.

Les ciseaux s'élevèrent, menaçants.

— Recule ! Je t'ai dit que tout allait bien.

Steve leva les mains en reculant hors de portée.

— D'accord, d'accord.

Se retournant, Carla montra Holly et Tina.

— Qu'est-ce qui se passe avec elles ? demanda-t-elle à Chris.

C'en était trop. Tina explosa.

— Il a tué Josh ! hurla-t-elle. Et Judy ! C'est un assassin ! Comment pouvez-vous l'aider ? Tout ça ne signifie donc rien pour vous ?

Carla continua de l'ignorer. Elle s'approcha de Chris.

— Je suis ici pour t'aider, Chris. Tu le sais, n'est-ce pas ?

— On est tous les deux venus pour t'aider, dit Steve. Qu'est-ce qu'on peut faire ?

Chris se frotta la tête en grimaçant de douleur. Tina constata qu'il avait du mal à garder les yeux ouverts.

— Judy ne veut plus poser pour moi, se plaignit-il, et je veux faire encore quelques prises.

— D'accord, répliqua Carla. Steve et moi, on va t'aider. Et si je prenais une photo de Judy et de toi, ensemble ? Pour ton book ?

La simple idée de s'asseoir à côté de lui mettait Tina hors d'elle.

— Non ! hurla-t-elle. Je ne suis *pas* Judy et je ne vais *pas* poser avec lui !

Carla lui lança un regard noir.

— Tu ferais mieux de faire ce qu'elle dit, chuchota Holly.

— Steve, apporte-moi un appareil photo, ordonna Carla, les yeux fixés sur Chris.

Steve alla jusqu'aux étagères, choisit un appareil et le tendit à Carla.

— Bon, maintenant, Chris, tu fais la mise au point parce que je n'y connais rien. Après je vous prendrai en photo.

Elle se tourna vers Tina et lui fit signe de s'approcher du jeune homme.

— Judy, viens ici, ordonna-t-elle. Dépêche-toi.

Tina était paralysée par la peur.

Carla tendit vivement l'appareil à Chris.

— Tiens, dit-elle.

Chris approcha la main.

Alors tout se passa en un éclair. La jeune fille bondit sur Chris et lui arracha les ciseaux.

— Attrape-le ! hurla-t-elle à Steve. Vite !

Steve plongea en avant, saisit Chris à bras-le-corps et le plaqua au sol.

Ce dernier ne se débattit pas. Au contraire, il se recroquevilla, se cachant le visage dans les mains.

— Tu as encore tout fait rater, Carla. Pourquoi ? gémit-il. Pourquoi ?

Carla se précipita vers les deux cousines.

— Je suis désolée, dit-elle, en glissant son bras sous celui de Tina. J'ignorais ce qu'il mijotait... Je n'arrive pas à croire qu'il ait tué Josh !

— Alors, tu... tu n'étais pas de son côté ? bégaya Tina. Tu ne l'as pas aidé dans toute cette histoire ?

— Mais non ! s'écria la jeune fille. Jamais de la vie ! Il *faut* me croire ! Steve et moi on a joué la comédie. C'était le seul moyen pour le maîtriser.

Tina poussa un soupir tremblant.

— Je... te crois.

Holly s'approcha et serra sa cousine dans ses bras.

Steve surveillait toujours Chris, ne le lâchant pas des yeux une seule seconde.

— Vous devriez voir le visage de Josh, sanglota Tina.

— J'appelle la police, lança Holly.

— Je me sens tellement honteuse, murmura Carla. Chris m'avait dit que Josh était parti en week-end avec une autre fille, et qu'il lui avait demandé de s'occuper de toi pour que tu ne découvres pas le pot aux roses. Il m'avait assuré que Josh t'en parlerait lui-même plus tard... (La jeune fille s'interrompit.) Tina, je suis tellement navrée !

Steve prit la parole à son tour.

— Tout à l'heure, lorsque je suis rentré de week-end, Carla m'a raconté toute cette histoire et m'a dit que tu étais avec Chris. J'ai tout de suite...

— Steve a réagi immédiatement, interrompit Carla. Chris mentait, Josh n'était jamais sorti avec qui que ce soit d'autre que toi et il attendait ta visite avec beaucoup d'impatience.

— C'est d'ailleurs pour ça qu'il n'était pas venu camper avec nous, ajouta Steve.

Les larmes de Tina coulaient sur ses joues. Son pauvre Josh !

— Alors j'ai paniqué, poursuivit Carla. Si Josh n'était ni avec une autre fille ni en camping avec Steve, où était-il ? C'est là que j'ai compris qu'il s'était passé quelque chose de grave.

— Il a aussi assassiné Judy, ajouta Tina. Il me l'a dit. J'aurais dû me douter de quelque chose. Je... je...

— Moi aussi j'aurais dû m'en douter, intervint Steve. Depuis la mort de Judy, il était devenu très bizarre. Il se déconnectait complètement de la réalité, s'enfermait dans un autre monde, et se mettait à parler d'elle pendant des heures.

— La police arrive dans une minute, annonça Holly. Quel cauchemar !

Toujours recroquevillé sur le sol, Chris leva les yeux vers Tina.

— Demain, je développerai tes photos, Judy, lança-t-il. Je suis sûr que tu vas les aimer... Tu seras tellement fière de moi, Judy... Nous allons être heureux tous les deux... tu verras.

Tina se rua hors du studio, les mains sur les oreilles. Ne plus l'entendre. Plus jamais ! Dans le couloir, ses jambes faillirent la trahir.

Dehors, le soleil était presque couché. L'air frais lui remplit les poumons ; elle se sentit un peu mieux. Elle entendit les sirènes de police. Enfin !

Dans le ciel obscur, l'étoile du Berger se mit à briller. Tina la regarda, les larmes aux yeux.

Ce soir, elle ne ferait pas de vœu. Non, pas de vœu.

Tina savait que même le plus puissant des vœux ne pourrait effacer ce week-end de sa mémoire.

Déjà parus dans la collection Peur Bleue

CHRISTOPHER PIKE

Un squelette sous la mer - 4520/3
Diaboliquement vôtre - 4521/3
Week-end fatal - 4525/3
Dernier acte - 4620/3
La chaîne de la mort - 1 - 4644/2
La chaîne de la mort - 2 - 4723/2
Scénario macabre - 4532/3

R.L. STINE

Pari mortel - 4518/2
La chambre condamnée - 4519/2
La tombe sauvage - 4530/2
Coupés du monde - 4534/2
Halloween Party - 4623/2
Dans la peau d'une autre - 4671/2
Malédictions - 1 - La trahison - 4768/2
Malédictions - 2 - Le secret - 4833/2
Malédictions - 3 - Le brasier - 4896/2
Le bal de la mort - 4900/2
Lettres anonymes - 4939/2
Dans le silence de la nuit - 1 - 5004/2
Dans le silence de la nuit - 2 - 5046/2

WOLFF RYP

Les secrets de la nuit - 1 - Le spectre - 4801/2
Les secrets de la nuit - 2 - Possédée - 4802/2
Les secrets de la nuit - 3 - La furie - 4970/2

5084

Composition Euronumérique
Achevé d'imprimer en Europe (Allemagne)
par Elsnerdruck à Berlin
le 23 avril 1999.
Loi nº 49-956 du 16 juillet 1949 sur les publications
destinées à la jeunesse.
Dépôt légal avril 1999. ISBN 2-290-15084-3
1er dépôt légal dans la collection : fév. 1999

Éditions J'ai lu
84, rue de Grenelle, 75007 Paris
Diffusion France et étranger : Flammarion